信·心

家信系列

给母亲的
29 封信

张艳梅 选编

山东画报出版社

图书在版编目（CIP）数据

给母亲的29封信 / 张艳梅选编. –– 济南：山东画报出版社, 2018.10
（"信·心" 家信系列）
ISBN 978-7-5474-2947-1

Ⅰ.①给… Ⅱ.①张… Ⅲ.①儿童文学 – 书信集 – 世界 Ⅳ.①I18

中国版本图书馆CIP数据核字（2018）第234018号

给母亲的29封信

张艳梅 选编

责任编辑 韩　猛
装帧设计 王　芳

出 版 人　李文波
主管单位　山东出版传媒股份有限公司
出版发行　山东画报出版社
　　　　　社　　　址　济南市市中区英雄山路189号B座　邮编 250002
　　　　　电　　　话　总编室（0531）82098472
　　　　　　　　　　　市场部（0531）82098479　82098476（传真）
　　　　　网　　　址　http://www.hbcbs.com.cn
　　　　　电子信箱　hbcb@sdpress.com.cn
印　　刷　山东临沂新华印刷物流集团有限责任公司
规　　格　130毫米×210毫米
　　　　　5.625印张　9幅图　70千字
版　　次　2018年10月第1版
印　　次　2018年10月第1次印刷
书　　号　ISBN 978-7-5474-2947-1
定　　价　25.00元

如有印装质量问题，请与出版社总编室联系更换。
建议图书分类：青少年

写在前面

　　每个人一生，都有很多故事。无论是打开完整的一本书，还是小小的一张单页，都落满了光阴的指纹，有些记忆渐渐渺远，有些新鲜如昨，都自有其讲述者和倾听者。

　　这本书信集收录的是写给母亲的书信。这些文字来自不同国度、不同时期，来自不同的书写者。文字风格不同，表达方式也有差异。有琐碎的家事，也有彼此的牵挂；有多年不曾说出的心里话，也有永远等不到回信的思念。字里行间，记述着生活的酸甜苦辣；文字背后，是母亲永远不离不弃的目光。就像歌里唱的，你的背影那么长，一回头就看见你。就像诗里写的，一回首，村庄就白了头。那些离乡的路，那些归乡的心，在纸页间，或低回，或跳跃。我们总是尝试捕捉那些难忘的瞬间，在回忆里不断剪辑，带着我们回到故乡，回到童年，回到母亲的怀抱。所有写给母亲和故乡的文字，都是我们生命的自画像。

书信，记录岁月的声调和色彩，记录情感和生命的轨迹。如今，我们习惯了微信、短信、邮件、电话，已经很少收到邮差送来的问候；生活节奏越来越快，我们的心，在无垠的时间里流浪。木心曾写过一首短诗《从前慢》，里面有这样的句子："从前的日色变得慢／车，马，邮件都慢／一生只够爱一个人。"

当我们重拾笔墨，在雪白的纸上，慢慢地，一笔一笔写下"母亲"两个字，是不是会有一种亲切的陌生感？或许有人一生没有给母亲写过信，那么，读过这本书信集，你会不会想要拿起笔，给母亲写一封长信，说一说你现在的生活？

母亲，是我们的守护者、永远的灵魂皈依。在母亲的爱里，我们慢慢成长，努力成为更好的自己。当我们去外地读书、工作、结婚、远游，母亲一天比一天衰老，我们和母亲的距离一天比一天遥远。我们开始在灯下给自己的孩子讲故事，在厨房为家人细心准备一日三餐，把每一件衣物洗得干干净净，叠得整整齐齐。就像当年的母亲一样。我们在用生命和母亲对话。而母亲，始终在故乡，在他乡，做好了饭菜，等我们回家。

这本书信集，有的文字质朴无华，有的情真意切，有日常生活的悲欢离合，也有历史过往的起伏跌宕。不变的，是亲人的缱绻深情。

当你翻阅这本书，你会认识古今中外很多平凡的母亲，也会认识很多给母亲写信的人。他们有成就卓著的名家，有为国牺牲的烈士，也有生活在我们身边的普通人。让我们安静地坐在桌前，从清新的晨曦，到皎洁的月光，那些温暖的光亮落在我们翻开书页的手上，无数爱的声音拥抱了我们。在这些写给母亲的文字里，让我们一起感受亲情的力量，追寻历史的声音，理解生活的真谛。

目 录

我有个秘密

覃大坨

亲爱的妈妈:

明天要开家长会了,如果万一,我是讲万一你得空去开会,要记得:我今年读五年级了,还是三班,我们教室在学校大门口左边,垃圾桶的旁边,五楼,莫走错了。

老师还讲要我们给爸爸妈妈写一封信,把自己心里的秘密讲给你们听,其实,妈妈,我也没有什么写的,我没有秘密哩。也不是,我有个秘密,就是，妈妈你不要再给我买玩具、买书，讲是爸爸买给我的礼物了。我给你洗衣服的时候都在你裤子荷包里翻到小票了，好几次了，我没有给你讲。

其实护士小张阿姨和医生李伯伯早就给我讲过了，爸爸重新结婚了。结就结了，不要紧的。妈妈，你放心，不管你经常加班也好，经常被喊到医院去做手术也好，经常不到屋也好，妈妈，爸爸等不起你，你也不要灰心，还有我会到屋里等你的咧。你看病人的时候要想到还有大坨会到屋里煮饭给你吃。

讲到煮饭，我想到昨天给你送饭的事。我到你病房的时候，护士龙伯伯讲有个阿姨难产，你又上手术台了。妈，昨天我不是故意拖到七点钟才给你送饭的。现在不比以前，你们州人民医院搬到乾州去了，我放学回来搭车也要时间的。其实昨天我一放学就回来了，没和同学玩，我就是找不到你给我留的买菜钱了，我找了好久才在冰箱旁边的旮旯里找到。

给你讲了好多次，放钱要用碗压着，免得被风吹走，你就是不听，就是不听，这下好了，又没得饭吃就上手术台了吧？为了让你吃饭，我放学从来不和同学玩耍，买菜都是跑的，你倒好，这么点小事都记不得，下次要改正，听到了没？

你那双酱色的皮鞋我已经拿到楼下麻伯伯那里修好了，你下次可以穿了。你也没给我讲一声皮鞋坏了，还是我取跳绳的时候看到两只鞋子旁边都开了好大的口子，你前几天还穿去上班哩，晓得你天天忙得没空，你也不看一下，要是到病房看病人的时候鞋底板脱了就好了，人家要笑死你的。

　　还有，妈妈你下次不要再给我讲什么要我下辈子生到一个妈妈不是医生的人屋里，还有那家人屋里要好有钱好有钱，让我天天都享福的话了。其实，妈妈，我晓得，我成绩不太好，衣服有时候也洗不干净，人又不聪明，买菜还被骗过，但是妈妈，我会改的咧，嘿嘿。最后，我要悄悄地给你讲，老红妈妈，其实和你在一起，就算没有爸爸，我也很幸福。

　　还有啊，你没在屋的时候，我吃饭都是大碗大碗地吃，我会快快地长成一大坨的。

　　祝我的老红妈妈这次有空来开家长会，你没有空也不要紧的，这次我考得好。我上床睡了，你回来莫忘记关走廊灯，浪费电。

你的宝宝女：覃大坨

2015年10月13日

每个医生家里都会有一个野草般顽强的"留守儿童"，大坨用超越这个年龄本该有的懂事、善良与坚强，展现给我们一个不一样的少年形象。她用她的懂事与坚强去理解母亲，照顾母亲。对母亲而言，这就是生活和工作最大的动力，也是她全部幸福的来源。

对不起，妈！我生病了

李 真

亲爱的老妈：

见信安好！这是我第一次给您写信，也可能是最后一次。有些话我只能以这种稍显"愚笨"的方式来跟您说说。

对不起，妈！我生病了，还是白血病。都说越努力越幸福，我也以为考大学、上研究生就能让您离幸福更近，可事实证明我的努力给这个家带来的只有磨难和绝望。

我们家从来过得都不宽裕，如今因为我更是雪上加霜。四岁的侄子问他爷爷，为什么我们家的房子这么破？我们都知道原因却又不知如何回答。这三年来，若不是大家的救济和你们的坚持，我早已挥别了这个世界。时至今日，我觉得自己欠这个家和您一个交代。

兄弟仨，我一出生就被罚款和"抄家"了，为此你们也没少拿这事"取笑"我，催我"还债"。还有小时候哥他们"欺负"我的事仍历历在目，揍我是家常便饭，还常把我当店小二。很多时候你不但不帮我，还会嗔怪我爱哭，碰不得。若那时有人说我是充话费送的，我会毫不犹豫地相信。可如今的你们却是我最大的依靠。

生病之初，大哥说一定要救我，义无反顾地拿出所有的积蓄，为我背负一身债，还给我供骨髓做移植，甚至怕嫂子反对而提出了离婚。二嫂曾一度心疼得不敢听见我的声音。七岁的侄女哭着说自己再也不吃零食了，把钱留给叔叔治病。哥嫂怕你们照顾不好我，他们毅然辞掉了工作，专心照顾我直至出院。

情之厚如斯，百世不足还啊！

您用自己的行动教会我勤劳自立，待人宽容。您身材瘦小，力量柔弱，却扛起了重如泰山的生活。您温柔善良，被生活踩躏却从不抱怨和失掉希望。您品行质朴却又韧如蒲条……就是这样的您，简单朴素却又带给我披荆斩棘的勇气。就是这样的您，让我无从放弃自己……

从化疗到移植，再到感染和排异，近三年的时间里，我们一直过得战战兢兢，如履薄冰。尽管你们竭尽全力，我依旧还是徘徊在生死边缘。我这一病，不仅让一家人掏空所有，家徒四壁，负债累累，我们的精神也不断地游走在绝望与崩溃的边缘，身心俱疲。

最近半年里几次三番的病危抢救，每一次我都觉得好累，累到不想坚持，只想解脱！那次昏迷，我真感觉到有种从未有过的舒适。可是突然间的意识又告诉我，这份舒适很可能换来的是你们永恒的痛。我可以坦然地接受病魔带来的一切苦痛，甚至死亡，却真的不敢看你和姐姐抱头痛哭后那无助而又无神的眼眸。那真是比用刀碎心头肉还要难受啊！

生病的这三年里，您把我照顾得一丝不苟，为此所吃的苦、受的委屈早已超出了常人所能承受的极限。每天医院、出租房至少六趟行走却从不喊累。每天擦洗消毒东西，恨不能抠掉一层。我上学您陪我住校，我住院您等我回家。爷爷过世，我们都没能回去相送……

因为身体虚弱，您每天会给我擦拭身体和泡

脚。每次你看到我骨瘦如柴的身体，总会突然红了双眼，一边忍着泪一边像清洗艺术品般小心翼翼。不敢想象在我面前佯装乐观坚强的您，在背后又难过成什么模样！在我病重，在我们走投无路、绝望至极之时，您只是握着我的手浑身颤抖不止，泣不成声，却依旧不忍开口说出带我回家这几个字，只是委婉地问我有没有想见的人。

我知道，您已穷尽了毕生力气却始终换不回我一世安康。您努力了半生，却换来一波又一波的绝望。您不甘心却又无能为力。

我曾跟您说，爸妈不哭，咱们笑着回家。也曾告诉自己要笑着活下去。可是生活的玩笑这次开得太大了，大到像泰山压顶，大到只能任凭天意。

您总说只要人还在，其他的都不重要；只要我们努力，想要的以后都会有；现在吃点苦以后就可以多享福……每次想起这些话，都让我备感骄傲。您虽然没学历，却比谁都活得有文化。

您用自己的行动教会我勤劳自立，待人宽容。您身材瘦小，力量柔弱，却扛起了重如泰山的生活。您温柔善良，被生活蹂躏却从不抱怨和失掉希望。您品行质朴却又韧如蒲条……就是这样的您，简单朴素却又带给我披荆斩棘的勇气。就是这样的您，让我无从放弃自己……

妈，我能在这里跟您做个约定吗？无母不成家，为了这个家您得保重好自己。关于我，咱们努力就好，我不会遗憾和抱怨，您也不必自责。要乐观坚强地去享受生活，不纠结沉溺于过往。

生活各有际遇，命运也自有其轨迹。若有一天，真的事不可为，希望您能理解，那也只是一种自然法则而已。愿您能收住泪水，笑看过往！因为我只是换个方式，守在您身旁。

谢谢你们的不离不弃。

爱您的不孝小儿子敬上

李真（1989—2018），湖南省溆浦县双井镇长潭村人，华南农业大学农业信息化专业硕士研究生。

出身农村的李真，原本是全家人的希望，但不幸的是，他患了白血病。尽管后来做了骨髓移植，但他的恢复状况并不理想，肺部感染和排异反应让他多次经历了生死考验。患病四年来，对于并不富裕的农村家庭来说，这个顽强的求生过程所面临的困难可想而知。他给母亲写了一封信，许多无法当面说出的话，都在这封信里了。信中的他依然乐观坚强。2018年7月7日，白血病患者李真在北京去世。因为患病治疗，这个家庭至今还背负着一百多万元的外债。

妈妈，您是我心中最酷的 大姐大

陈碧舸

妈妈：

您是个十足的大女人，不会做饭，不喜欢女红，照顾孩子也并不是很拿手，偶尔还在我患病的时候病急乱投医，闹过笑话，但是我还是觉得您很酷。

只要与我有关的任何事情，您都要参与进来。比如早在上中学时，您几乎跟我同时开始玩MSN，比我更早在淘宝上购物，更早拥有iPad和iPhone。

我才刚刚注册了微博，您就成了我的头号粉丝，时时查看关于我的各种评论。您关心所有与时尚有关的信息，购物起来比我更加疯狂。您陪我一起看《流星花园》，参与我所有的同学聚会，和我的外国友人大谈同性恋生活，陪我上教堂，带我去KTV，在海滩上翻跟头，在瑜伽课上打呼噜。您彻底融入了我的生活，时常让我误以为您就是我的伙伴，一个很酷的大姐大。

　　练体操那会儿，我几乎门门功课都在及格线上徘徊。就在我很崩溃的时候，您拿出纸笔，大手一挥画出一个$60\% > 33\%$的等式。说："你看，平时你上学的时间是其他同学的三分之一，但是考试成绩却已经超过他们应该掌握的60%，这说明你还是很聪明的！"于是我瞬间释怀。退役后的一段时间，我总是很沮丧，对于16岁的我来说，放弃付出将近10年血汗与泪水的梦想，是多么多么不容易。我时常悄悄在自己房间压腿，而这一切都被您看在眼里。暑假的一天，您拿来一张报名表，鼓励我去香港参加世界模特精英大赛，我极其自卑，犹豫不决。您却坚定丢下一句："怕什么？反正香港也没人认识你，赢了输了都无所谓。"毫无模特训

总有人说，我看起来就像是个长不大的孩子，有无数梦幻的憧憬和简单快乐的能量，其实他们并不了解，是因为我有一个永远和我一起成长的妈妈，用与我同步的思维方式，陪我度过了人生不同的阶段，用最青春与积极的态度，引导我面对人生的起伏。

练基础的我踏上了征途，在两周之内获得香港赛区的冠军，并且成为第一个入围世界总决赛前十名的亚洲人，从此我的人生改变了。

妈妈，您还记得大学暑假我们一起去哥伦比亚旅游的事情吗？本以为是中国公民的免签国家，却在飞机降落之前改变了政策。于是，我们和一帮来哥伦比亚谋生的中国工人兄弟一起被囚禁在了移民局办公室里一整夜，等待着天亮之后被遣送回国。狭小的办公室里怨声载道，我满头大汗地为工人们做着翻译，心情沮丧到了极点，您却像个贪玩的孩子似的走到警察面前，指指门外琳琅满目的机场商店，用仅会的一句英语叫道："Shopping！Shopping！"于是，哥伦比亚波哥大机场里出现四位高大威猛的持枪警察护送我们走遍机场每家商店的一幕。最后，满载而归的您一边兴奋地叫着不虚此行，一边热情地与警察们拥抱告别，上了飞机。

总有人说，我看起来就像是个长不大的孩子，有无数梦幻的憧憬和简单快乐的能量，其实他们并不了解，是因为我有一个永远和我一起成长的妈妈，用与我同步的思维方式，陪我度过了人生不同的阶段，用最青春与积极的态度，引导我面对人生的起伏。跟这么酷的大姐大一起闯江湖，厨艺再差又算个啥？

爱你的女儿

陈碧舸，1985年出生于南京，演员、国际超模、"星星兔子和爱"关爱儿童心理健康行动发起人、原中国国家艺术体操队队员。2008年以模特身份复出，正式走向国际舞台。

陈碧舸的妈妈在她人生历程中起到了非常重要的作用，像一盏明灯，点亮了她前行的路，陪伴了她的人生，也温暖了她的心灵。在她怀疑自己的时候，妈妈进行劝导和鼓励，让她学会了不轻易放弃，学会了充满自信，最终陈碧舸赢得了世界模特精英大赛香港赛区的冠军，并且成为第一个入围世界总决赛前十名的亚洲人。

迟到的信

喻永玲

妈妈：

　　这是我写给你的第一封也是唯一的一封信，我知道你已无法收到我的信，可我还是忍不住要写下这封信。

　　妈妈，自你离开的这段日子以来，对你的愧疚和思念将我压得喘不过气来，却无处诉说，唯有用这封迟到的信释放我内心的压抑和对你深深的思念。

　　妈妈，今年的春节，当大多数家庭因全家团圆而欢喜不已的时候，我们家却陷入了无尽的悲痛之中。就在这个春节，你永远地离开了我们，世间从此便没了你的身影，耳畔少了你熟悉的唠叨，只剩下空荡荡的屋子和冰冷的灵柩。

妈妈，以前每次回家你都会对我唠叨，说我已经老大不小了，赶紧找个人嫁了吧。趁现在年轻赶紧生个孩子，你身体好还能帮我们带一下。就在这个春节，我终于有了自己的孩子。我能体会到作为母亲的不容易，就在我领会到该如何做一个女儿的时候，你却永远地离开了我。一直以来，你最惦记的就是我的人生大事，这次你走得很安心，因为在你的有生之年亲眼见证着我完成了我的人生大事。可我的人生却充满遗憾，我甚至没来得及见你最后一面。

妈妈，最近我时常梦见你，醒来时泪水早已湿了眼眶，脑海里瞬间浮现我们在一起的点点滴滴。曾经我们会争得面红耳赤、互不相让，用最尖酸刻薄的语言伤害对方。不过转瞬的工夫，你又会不辞劳苦地为我洗衣、做饭，我虽然没有说但心里知道你对我的好，不管外人眼里的我们是什么样的，在我心里你始终是最关心我的妈妈。

妈妈，你这辈子为我们这个家操碎了心，时刻像个男人一样在为这个家奋斗。我曾经以为你的身体很好，只要我一回头，你永远都会在回家的路口等我。我在心底许诺，等我条件好点，我就带你去看病，然后好好地陪在你的身边，可这终究成为我不陪在你身边的一个借口。你终究没能抵挡住病魔的摧残，永远地离开了我们，而我的人生注定将留下不可弥补的遗憾。

妈妈，我想你了，你在天堂还好吗？愿你在天堂一切安好，那里不会有疾病和辛劳。我会好好的，如果有来生，我还要做你的女儿。到那时不论贫穷富裕，我一定会选择多多地陪在你身边，决不让"树欲静而风不止，子欲养而亲不待"的遗憾重演。

想你的女儿

2017年3月4日

喻永玲，报纸专栏作者，现居银川。

"树欲静而风不止，子欲养而亲不待"，总是觉得母亲会一直在，还有漫长的时间可以陪伴，却不知母亲的离去是那样突然，让人措手不及。作者非常想念母亲，用这封信来表达对母亲的爱和遗憾，那些温暖的、琐碎的日子，那些急切的、关心的唠叨，都是她内心中最为珍贵的回忆。

一封护士写给妈妈的信

侍 菊

妈妈：

如果哪天，你看到这封信，请不要惊讶，也不要害怕，我只是想好好说说话，说说那个你不知道的我。

犹记那一年，"非典"肆虐，我每天早晨醒来，又是庆幸，又是恐惧，一次次忐忑地测量体温，一遍遍仔细地清洗双手。每天都要不断通过电视和广播来了解疫情。我曾犹豫，也时常会害怕，对现实和未来充满了各种不确定。

也就在那时，我看到了前辈们投身防疫、治疗第一线的身影。他们尊重自己的职业，用心守护着人们的生命，面对死亡的威胁，即使害怕，即使无奈，却依然坚定。他们或许普通，却又如此的不平凡。我被深深地吸引。是的，我向往，向往着成为他们中的一员，为别人带去希望和温暖。

我不顾你的反对，留在南京，做了一名护士。可以说，我投入了最大的热情，也是我第一次真真正正地想做好一件事。可是，生存的压力、高强度的工作，还有复杂的人事关系，都在慢慢地消耗着我的热情。病人和家属焦急不安的眼神，时刻挑战着我的精神极限，每天6公里的基础运动是对我体力的巨大考验，我也清楚明白日夜颠倒的不规律作息会带来怎样的危险。

记得有一阵子，你说我变得沉默了，其实我只是累了。工作辛苦不说，有时还要挨骂，这和起初白衣天使的梦想相距甚远。我也曾动摇，但更多的是不甘心，不想放弃，也无法割舍。有些东西早已刻入了我的青春记忆。

看看我身上的白大褂，虽然是白色的，其实上面什么都有：血液、胆汁、药物，还有大小二便，更多的是泪水和汗水。也别小看这简单的白大褂，有时是那么神奇。在家里我是你们的宝贝，十指不沾阳春水；可是在医院，穿上白大褂，我什么都要干，也愿意去干。

常常被你念叨着"太懒了，连被子都不叠"的我，现在每天工作中都要铺床叠被，不停地收拾整理，还要为病人洗头洗脚；有时受了委屈受了气，我没有一点就着、拍案而起，怕是作为我亲妈的你都会觉得不可思议；或许你不相信胆小的我敢去接触尸体，但我确实做到了，没有犹豫害怕……

似乎就是身上这件白大褂，给了我力量和勇气，也时刻提醒我，这是我的工作，是我的职责，是我选择的路，只有更加专业、更加仔细谨慎、更加投入，我才能走得更加长远。

看着自己一针见血会有一种满足感，若是病人再说一句不疼，我可以快乐一整天。看着他们病情好转，看着他们放松的笑脸，特别是盼到他们挨个出院，我都会有一种成就感，觉得一切辛苦和付出都是值得的。简单的问候，真诚的感谢，那都是对我工作的肯定，让我对未来更加有信心。

最近发生了多起恶性伤医事件，我知道你很担心我。我也曾左顾右盼，我也想了很多，很久，现在心情已回归平静。只能说：

人知之不为劝，人不知不为沮。努力做好自己能做的点点滴滴，努力去传达自己的善念，即使只是一个微笑，一句问候。做出那些极端行为的人毕竟是极少数，我坚信自己的努力付出，病人总会看见。

我知道，眉毛上的汗水和眉毛下的泪水，总得选一样，说不定，我的能量真的会超出我的想象。我只想坚持自己的信念：尊重生命，守护健康。我只想踏踏实实地做好自己的工作：有时治愈，常常帮助，总是安慰。

人们总会被一些负面新闻所吸引，但我相信美好就在身边，也许是一个眼神，一句问候，一个微笑，一种关怀。正是这些美好，让我充满希望。

朋友说20岁时相信这些叫天真，现在30岁了还相信，那就是一种病。我微笑以对。有人说前路迷茫，看不清方向和目标。可正因为前路迷茫，才顿感一路执着的可贵；正因为看不清方向，才更需要一步步踏实向前。

　　我亲爱的妈妈，这些年，我欠了你很多，说好的旅行没能成行，对不起；约定的生日大餐我失约，对不起；团圆喜庆的春节让你孤单地度过，对不起；甚至于父亲弥留之际，我也没能第一时间出现，对不起。还有我的坏脾气，似乎我总是把自己最不堪的一面放在你的面前，很感谢你的包容和谅解。我爱你，妈妈。或许这些话我永远说不出口，但是我相信，你懂的。

　　请你不要过多的牵挂，我已成年，会保护好自己。只想由衷地说一句：我很心疼你，请一定照顾好自己，我会常回家的，希望你每一天都快乐！

侍菊

　　在父母的眼中，我们永远是长不大的孩子。我们可以软弱、懒惰、叛逆，像所有处在青春期中的少男少女一般，永远躲在父母身后等着他们为我们弥补所有过错。我们总会成长。终有一日，那棵曾经躲在父母庇护下的幼小树苗，经历风雨的磨砺，长成参天大树。作者通过叙述自己在职场中的磨砺，向母亲讲述另一个自己：一个勇敢的白衣天使。

您是我们曾经的糖，现在的药

碎 碎

妈妈：

我从未在母亲节的时候，对你说母亲节快乐。说这样的话总让我别扭，这不是我们表达情感的方式。但你却是很潮的妈妈，听说前不久还纹了眉，所以不知道我的这一点会不会让你感觉遗憾。妈妈，这么多年来，我每次回老家，你最惦记的还是想方设法做各种好吃的。你是恨不得在那几天时间里把我一年的亏空都补回来。你做事很慢，却又极其讲究和精细，所以你几乎从早到晚都站在厨房，吃完上顿忙下顿，那个时间与精力的巨额投入，总让我们感觉惊悚。如果我们要来做呢，你要么不满意，要么不放心，从不能对我们放手。似乎忙忙碌碌一辈子，就为了忙每天三顿饭，这是多少妈妈们的生活现实。其实我每次回去，多么希望我们有别的过法，让那些天有别的打开方式，我们早就不在乎吃了，真不想还看着你为做饭所累。

　　我回去的时候，每顿饭菜你都准备得太多了。面对那些被倒在泔水盆的饭菜，我们都会有犯罪感与虚空感。你知道这样会令我们不快，便会在饭桌上奋不顾身地劝菜、劝饭。你的惯用招数是，趁我们不在意时舀起一大勺肉和汤放进我们碗里。或者我们已放下筷子了，你又非要给我们再添一勺饭。这种不由分说的强迫，常常会把我们弄得颇为恼火。再好的东西一旦成了强制，也会成为梦魇和负担。每次在我临走的前夜，你都会带着满怀的懊丧说，哎呀，你这次回来我想和你好好说说话都没时间，光顾着做饭了。这样的话真是让我又灰心又绝望。因为下一次，还是一切照旧。我们都只会按自己的方式给予对方，都不会按对方需要的方式去爱对方。

妈妈，现在你一天天老了，却还是经常生活于失眠焦虑、生气发火中，总让自己陷入无穷无尽的烦恼中。那是你还想要掌控与操纵一切，却无能为力、不得其法的焦虑。我们也做过种种努力，但在你身上都无法奏效，因为我们改变不了你看待世界的眼光和感受世界的方式。我们所能给予你的，除了金钱，别的在你那里都难起到正面的、理想的效用，所以我们愿意付出的钱之外的东西，也越来越有限。钱似乎能买来一点安顿，但是钱，却难以解决我们之间悬置的那些问题。

你和我们几个孩子的关系，一直都是难亲又难疏。可能我们家人的问题是，个个都想控制别人，但是谁也不愿听谁的，总是很容易就争执起来，每个人都习惯于说狠话、重话，最后伤人伤己。年长之后我才明白，只有温柔的内心，才能感受温存的世界。可是不会温存，好像是我们的胎记。妈妈，你是我们或多或少的另一面。你是我们的镜子，是我们的鞭子，是我们曾经的糖，是我们现在的药。学会更好地相爱，是我们一生都需要继续学习的功课。爱你，是我们内心的需要，也是自我圆满的途径。让我们学会心平气和地接受彼此吧。妈妈，我希望你在余生的每一天，都能轻松，知足，快慰。我多希望你能明白，幸福是一种能力，更是一种品质。希望你能尽可能地把一切怨恨不快都放下，保养好身体，别的都不要无谓地操心。相信儿孙自有儿孙福。没有福的，那也都是他们自己的造化所致。

祝健康快乐！

碎碎，原名杨莉，专栏作家。

我们总是羞于表达对母亲的爱。太多人将感情的表达止于唇齿，将这份爱藏于心尖。在这封信中，作者回忆与母亲的点点滴滴，感叹母亲爱的琐碎和强势。可是，这恰巧是爱本来的模样，从费尽心思做一桌子菜，到劝菜、劝饭，母亲的爱在反复的唠叨和子女的争执中愈加真实。

你在，心就安

杨红霞

世人都讲，最无私、最忘我爱你的那个人永远是母亲。

母亲，您有竹子般坚韧的性格。您常说，家和万事兴。记忆里您和父亲感情很好，我从未听到过你们的争吵声，您事事以父亲为重，你们相敬如宾地过了二十年。记得父亲病重的那两年，您几乎没在家待过，都是在医院里陪着，大多时候床位紧，困了您就用一个小凳趴在父亲床前，一天两天可以将就，一去便是几个月呀！每次回家您都来去匆匆，最后父亲下了病危通知，您几乎一夜一夜地不合眼，照顾鼓励着父亲，现在想来您是怎样的坚强！记得曾问过您："那时您不觉得累吗？"您回答："你父亲在一天，我心安一天。劳累辛苦有什么要紧？家财散尽又有什么要紧？只要他在，家就在，幸福就在。"眼泪似花蕊中的一滴露，心，在那一刻濡湿。

原来，世间的爱情，就是亲爱的人，你必须在我眼睛看得到的地方，在我耳朵听得到的地方，在我内心触得到的地方，好好地活着，你在，心就安。是的，只要你在，整个世界就在。父亲走后，近半年，您话都很少，但您从不在我们面前泪眼婆娑，用您的话："你父亲说了，让我好好活着，看好你们。"

母亲，您善良、淳朴、厚道。平时有什么针线活、采买、照顾小孩，只要有求，您都尽量去帮。有时我们"埋怨"您帮别人也要兼顾自己身体时，您总说："人一定要存善真之心对别人好，人心都是肉长的，这样你才能有真正的朋友。"有时我报怨工作生活上诸多不顺时，您会说："不应心

亲爱的人，你必须在我眼睛看得到的地方，在我耳朵听得到的地方，在我内心触得到的地方，好好地活着，你在，心就安。是的，只要你在，整个世界就在。

的事太多了，哪能事事顺你，你这才哪到哪呀！妮，办法总比问题多，看看妈这些年……"您没多少文化，没有"仁义礼智信"的大道理。只用这种言传身教告诉我：人生很长，有暖春骄阳，有波折荆棘，但一定还会有千回百转、柳暗花明。坚持下去，路就在前方。

有人说：母爱是重复的辜负。父亲去世早，是您坚强地把我们姐妹拉扯大，经历了我和妹妹上学、工作、结婚、生子。您老了，身子弱了。很多时候，我甚至不敢仔细端详您，扪心自问，三十多岁了，仍蜷缩在您怀里寻求遮风避雨，索取多报答少，在儿子和您的天平上，倾斜得太多太多……其实我知道，您从未要求我什么，只要我生活得顺心，只要能经常回家看看您，只要能静下心来陪您说说话。

家中有娘是福分，是您让我对"温馨"有了深一度的感悟。若说爱分"等级"，我想，母爱定是众爱之重。羊有跪乳之恩，乌鸦有反哺之情。动物尚且如此，何况于人。享受爱，更要给予爱吧！

母亲，今后让我们角色互换，我要亦如您爱我一样地爱您！

杨红霞，1979年出生于山东禹城，现就职于中原油田天然气产销厂。

　　母亲是孩子人生道路上的行为楷模，一举一动都影响着孩子的成长和发展。她像一座避风港，在父亲去世以后默默呵护着杨红霞和妹妹，看着她们嫁人、生子；她像一束温暖阳光，在孩子们遇到挫折时给予温暖和鼓励，让她们勇敢面对，真诚待人、做事。母爱的力量深深震撼着女儿。

写给妈妈的信

汪茗惠

亲爱的妈妈：

看着您忙碌的身影，感慨时间过得好快，忽然之间，我已经二十几岁，姐姐的两个小孩也相继上学了。多么希望时光能停留在此刻，和您一直待在一起，即使看着您什么也不说，心里也是暖洋洋的。

小时候，我是爸爸的"小尾巴"，每天跟着爸爸到处跑。在幼小的心里，您是那么严厉，总是训斥我。直到上了高中真正离开家，我才开始想念您，开始依赖您，和您有着说不完的话。如今进入信息时代，生活节奏加快，我们随时可以通话和视频，却很难静下心来表达内心的想法，所以希望用写信的方式说说我的心里话。

妈妈，谢谢您让我养成良好的习惯。毕淑敏曾经说过："孩子，我允许你不优秀，但不允许你没教养！"在您和爸爸的教导下，我从小就懂规矩，见到长辈问好，吃饭的时候不发出声音，绝对不说脏话，不乱动别人的东西，爱惜动物和植物，成为一个有教养的孩子。小时候我特别挑食，喜欢吃零食但是不喜欢正常吃饭，整个人营养不良，吹阵风就能刮倒似的。为了治好我的"挑食之症"，我不吃什么您就做什么，将我的坏毛病改了过来。那时候我最喜欢吃肉炒土豆丝，您就将姜切成土豆丝那样，混在菜里让我吃，经过多次的"折磨"之后，我对姜完全没有了抵触心理，甚至能够生吃姜片了。刚上小学时，我玩心很重，总想写完作业就出去玩。当时刚开始学写字，我因为贪快写得很不认真，您就撕了作业让我重写，有次撕了七八页让我重新写，我气得跳脚又无可奈何，委屈巴巴地在泪水中一笔一画地认真写起来……最终，我写成了一手漂亮的字。当我受到别人夸赞的时候，您却说是我们老师的功劳。好的习惯可以受益终生，您鞭策我养成了许多好习惯。

妈妈，谢谢您让我懂得了热爱生活。您总是将家里整理得井井有条，将东西摆放得整整齐齐，每次别人来家玩都会夸家里干净。老家的房子里到处都有生机，有绿油油的韭菜，有红彤彤的辣椒，丝瓜顺着藤蔓苗壮成长，结出了一朵朵鲜艳的黄花，吸引着蜜蜂飞舞……绿萝绕着楼梯扶手垂下来，像天然的窗帘，金枝玉叶垂下嫩嫩的叶子，天天绽放出清丽的紫色小花。您喜欢养狗狗，给它洗澡，带它散步，和它说话，您总觉得它能听懂；在您的培育下，它的毛锃亮锃亮的，很是光滑。您的厨艺非常棒，喜欢做一些美食，好吃得不得了，让我每逢佳节胖几斤。您喜欢逛街、看电影，让小日子过得很舒畅。您还报了瑜伽班，拖着宅在家的我一起健身……妈妈啊，您的生活像一首小诗，那样丰富别致，让我也对生活充满了憧憬和乐观。

妈妈，谢谢您陪着我走过了最难熬的日子。高三那年，您说服爸爸在我学校附近租房子陪读，当时的房子是未装修的，空空荡荡，甚至连水龙头都没有，墙壁泛着灰白，轻轻一扫就落很多尘土，水泥地面坑坑洼洼。您不知打扫了多少遍，运了多少次东西，才让这个房子有了家的感觉。每天早上您五点起床，给我做好早饭和午饭，剥好坚果，就急忙赶回老家上班，我们晚上十点放学，您就在小区楼下等我回来，给我煮牛奶。您不知道，每当我看到冬夜里，您穿着羽绒服在门口冻得瑟瑟发抖的身影，我的鼻子很酸很酸，内心像是被柔软下了茧。多少次劝您不要等我了，您嘴上应着却还是按时等待……"最幸福的是能赶上回家的末班车"，我想，因为您的等候，我每次回家都是幸福的、甜蜜的。

我最佩服的是您为人处世的态度。虽然您是初中学历，在当时的年代只能辍学养家，您却有着自己的原则和底线。在外出旅游住酒店时，您要求我将物品整理好，将垃圾带出去，我当时听了很惊讶，因为有服务员打扫房间，自己只需要收拾一下东西方便打扫就好了，而您却说："他们也很忙，为什么我们不能帮他们减少工作量呢？"我听了之后很惭愧。

虽然我总是和您吵架，惹您生气，但是两个

人冷战之后莫名其妙就和好了，因为不会生对方的气。我知道您是爱我的。奶奶重男轻女，在我出生后就不愿照顾我，您既要看我，又要去地里干活，忙得不可开交；您辛辛苦苦挣的工资，有一半是给我买好看的衣服，让我有了小公主一样的童年；亲手给我织毛衣、缝被子，让我感到非常的温暖；在我外出的时候，替我担惊受怕，让我时刻报平安；在爸爸和姐姐都劝我毕业工作的时候，是您支持我的想法，让我读研，让我有更广阔的视野……妈妈，千言万语都表达不了我对您的爱。

但是妈妈，希望您能多给我一些空间，让我自己去做，不管结果是好是坏。比如说做菜，您觉得我做饭不如您好吃，所以您在家的时候就不允许我插手，甚至为此吵得不可开交。不管我做的家务怎样，您都觉得不满意，所以您在家的时候，我很少碰家务，有时甚至对此产生了抵触心理。任何人做任何事都不能一蹴而就，您为什么不能对我多一些耐心和鼓励呢。妈妈，能不能好好考虑一下这个建议？

"世界上一切光荣和骄傲都来自母亲"，高尔基如是道。在我心中，您就是我最大的骄傲和自豪，多么幸运能有您这样的妈妈，让我在人生路上有温暖的萤火。亲爱的妈妈，愿您身体健康，拥有最明亮的笑容。下辈子我还要做您的女儿、您的小棉袄，我们永远在一起。

爱您的天慈

2018年9月

对于作者来说，母亲是一束明亮的光，照耀了整个世界，温暖了整个心房。作者回忆起与母亲的往事，那些点滴小事竟如此鲜明，在脑海中烙印成最美的符号，所以通过写信的方式表达对母亲的爱与感谢，让母女的心连在一起，让温情在彼此心中蔓延。

你陪我长大，我伴你变老

史竹琼

亲爱的母亲：

　　总是习惯了回家第一声喊妈妈，世界上最亲近的人莫过于您了，您看着我长大，是我生命中最重要的人。

　　看过您年轻时的照片，倚在栏杆上，面带微笑，清丽可人。您的眉眼长得非常标致，就算看您现在的面容也可以想象到年轻时的美丽脸庞。作为一位母亲，您的脸上留下了无法抹去的岁月的痕迹，但依然美丽。虽然母亲和妈妈是两个一样的称呼，但似乎到了一定年纪还是称您为母亲最为恰当。看着您劳累了一天，迈着缓慢的步子，拖着疲惫的身子推开门，那一瞬间，看着您的面容，真的感觉到您老了一轮，瘦了一圈。再加上每天都有新症状，脚疼、腰疼、牙疼，您的眉头整天都是紧锁着。您干活明显慢了下来，仍做得一丝不苟。每次病痛来了的时候您就说必须治一治了，可每当疾病走了，您就又抛之脑后了。不知怎么，您刚过了50岁，就感觉已十分苍老，做什么都有心无力的，不如前几年那般充满干劲了，原来几年的时间在一个母亲身上会体现得如此分明。也许是我长大了才发现的缘故吧，真是惭愧，我竟是这般地后知后觉。

也许您心里很清楚，从小到大，我对您的态度发生了几次转变。您总是回忆起我的小时候，说我生下来特别爱哭，除了您之外谁都不找，只有在您的怀里我才会破涕为笑。由于特别爱哭，时间长了，奶奶、姥姥都觉得烦，可以想见您照料我多么费心费力。那时我就爱黏在您身边，走哪都拽着您的衣角，生怕一不留神您就丢下我。那时候母亲在我的心中无所不能，是一位超人妈妈。渐渐地，青春期到了，我开始要自己的空间，和您产生了隔阂，听够了您的唠叨，什么话都不愿意跟您说，甚至觉得您一无是处，您为我做什么，我都觉得不顺心。现在想想，真为自己当时的无知与自大感到可气。之后我走向成年，您在我的任何重要的时刻都未曾缺席，如今我才真正理解了您一生的艰辛与不易，希望一切都还来得及弥补。

在我的记忆中，您的前半生是贫苦的，独自一人带大三个孩子。我一直念念不忘的是，自己小时候过得很苦，无论是住的地方还是吃的东西，都不如别的小朋友，直到前几年我还会开玩笑似的抱怨，您听了只是笑笑，落寞地低下头，不反驳一句。后来我才懂，其实能让我们兄妹三个健康长大，您已经精疲力尽。别人只要听过母亲您的经历，都会说您可真是一位伟大的母亲，要我们好好孝顺您。您这一辈子就是为了儿女活着，操心儿子的婚姻，操心女儿的冷暖。您每天忙里忙外，没有一刻得闲。您也经常叹气，说没有过一天为自己活的日子。我想过很多次要带您出去走走，可都没有付诸实施，您觉得太累了，您说，老了老了，宁愿在家休息一天，也不愿意在外面奔波。您的世界很小，小得只剩下我们的家，但我知道，对于您来说，家和家人就是您的一切。

成家之后，父母与儿女不能两全是一件遗憾又无奈的事情。姥姥、姥爷要回老家了，为了我们兄妹仨，您不能侍候父母身旁尽孝道，我偶然看到您一个人侧着头抹着眼睛，您的神情落寞、无奈、黯然，令人心疼。曾经的您也是父母宠爱的女儿，难以想象做了母亲之后，您是如何从一个女孩变成女强人一般担起家庭的重任。女子本弱，为母则刚，您身为普普通通的小人物，却挣扎着给了我们您能给予的一切，我很感激。

您说过吃够了没文化的苦，就算砸锅卖铁也得供孩子上学。虽然您教给我的文化知识不多，但您这一辈子最重要的是身体力行教会我如何做人，是我一生的榜样。我想对您说，你陪我长大，我伴你变老。

再过几天，就是我的生日了，您一直惦记着。早上，您推开门，神色有些不一样，从包里掏出一个小玩意，朝着我边走边说："给你买了一条项链，就当作给你的生日礼物了。"我放在手心细细地打量着，嘴上说着买这个干吗，心中却溢出满满的感动。谢谢您，母亲。

　　　　　　　　您的女儿

　　据作者说，此信写于姥姥姥爷即将回老家的前一天，下午天气闷热，她的母亲一个人在院子里的板凳上坐了许久，若有所思，一会便泪眼婆娑。"我"从母亲身旁走过，偶然注意到了她的神情，思绪万千，有感而作。

世界上最幸福的孩子

高田田

母亲：

您好！一直有好多心里话想说给您听，深知纵使千言万语也说不尽您这些年在我身上倾注的心血。越过时光的轮回，回望过去的点滴，女儿还是想跟您倾诉一些内心的话语。

记得儿时，我还是您自行车后座上那个懵懂的小女孩，路上您总是询问我一天的课程，情景仿佛还在昨天；也记得书写不工整时您严厉的惩罚和考

母亲，让我好好看看您。不知什么时候您的白发和皱纹又多了，背也不再挺直。我深知您那饱经沧桑的脸上包含了多少岁月的艰辛，我渐渐成长的同时，您却不知不觉老了。

试不理想后的批评及指正，您总是严慈相济，我曾害怕您的严肃却也感受着您暖阳般的爱；曾记得小时田埂间您劳作，我边唱儿歌边玩耍的无忧无虑；也忘不了儿时冬季放学回家后第一件事，就是去锅底土灰里找您为我烧烤的地瓜，永远记得那个香甜；也忘不了每次家长会，老师通知您要来讲话时的激动和喜悦，也是在那一刻更加理解您之前对我的悉心教导。

儿时太多记忆，俏皮的、美丽的、可爱的，或深或浅，那时您教我养成的习惯、讲过的道理，那时的严慈相济会让我一生都受益。曾抱怨您的严厉和唠叨，而后来我越来越明白您的深刻用意。我想对您说：谢谢您，是您教会我成人，让我成长。总觉得那时的时光很美，如果将点点滴滴写成一本书，不知书该有多厚。

也记得每当我生病时，您一次次在风里来接我，胖嘟嘟的我再加上风总会使车子咯咯响，您载着我努力前行的背影我怎么也不会忘。从小体弱的我，多少次生病让您担心受累，彻夜陪伴。现在想想是那一次次操劳和疲倦让您脸上渐渐爬满了皱纹。您总是那么勤劳能干，在您眼里总有活要做，家里家外都是您辛苦忙碌的身影。我深知您那一股子精神，您总是想着要把田里打理好，想多一些收成，看到辛苦劳累的您还在坚持，我想对您说：您太累了，停下来，好好休息下吧。

如果记忆定格成一幅幅画面，我想从家到小学到初中到高中的路途上少不了我们俩共同的画面。时光很长，也很快，回顾每一段旅程，有笑有泪，有乐有忧，您和我分享成功的喜悦也同我分担失败的忧虑。是您见证我成长，指引我前行，谢谢您，母亲，谢谢您一直陪着我，让我感受到这个世界上最珍贵和温暖的爱。

您知道我最爱吃水饺，即便是在学校寄宿，我也总能吃到您亲手包的水饺，春夏秋冬，我已记不清多少次您来学校，只为让女儿能吃上爱吃的饺子。总有一个小女孩抱着一大碗不知包了多少层的热腾腾的水饺，眼里满是欣喜，心里是说不出的感动。我深深体会到那热乎乎的水饺里是母亲多浓的爱，无声却强大。凛冽寒风里雪还未化，我望着您渐渐远去的背影，抱着"宝贝"似的水饺，再也不觉得寒冷，只觉着自己是世界上最幸福的孩子。

上了大学，离您越来越远，您的牵挂却未曾减过。每次打电话，仿佛总有说不完的话，您担心我在外吃苦，每次总是说"健康快乐是最重要的，每天要开心"，"别那么省，钱不够用就说"。即便家里经济情况不好，您也总是尽全力凑足我的生活费。忘不了您每次去车站送我时，总是再塞给我一些零花钱，我知道那是您省吃俭用攒下来的。我握着手里的钱，望着车外的您，内心更加坚定，只想好好努力回报您。

备战考研的日子里，深知您心疼我吃苦却又想帮我实现梦想，您一直默默地鼓励我、支持我。这一路您的压力似乎比我还大。我复试回来得知被录取后，您再也控制不住自己的情绪。当我再见到您时，您竟然像个孩子一样哭了。印象里那个一直是我坚强后盾的母亲，在那一刻却也流下了眼泪，我深知那包含了多少无法言状的情感，那一刻我知道您一根绷紧的弦终于松下来。母亲，我想对您说："女儿让您担心了，谢谢您的陪伴。"

我要去东北读书了，您知道东北冬季的寒冷，早早用自己种的棉花轧出棉絮，一针一线为我做了一床厚厚的棉被，那是我见过的最厚的棉被。我深知又沉又厚的棉被里承载的是您那沉甸甸的爱。在东北的冬季我感觉自己一直被暖流包围，很暖。只想对您说：妈妈，您真好！

母亲，让我好好看看您。不知什么时候您的白发和皱纹又多了，背也不再挺直。我深知您那饱经沧桑的脸上包含了多少岁月的艰辛，我渐渐成长的同时，您却不知不觉老了。就像那熟悉的旋律里写得："时间都去哪儿了，还没好好感受年轻就老了。"生我养我，满脑子都是我是否健康快乐，每一点情绪都牵动着您的心弦。是啊，"时间都去哪儿了，还没好好看你眼睛就花了，柴米油盐半辈子，转眼就剩下满脸的皱纹了"。只想让时光慢些，不要让您再变老了，不想让您再劳累了，未来的日子里让女儿扛起您肩上的担子吧。就像您对我们一样，女儿也想让您一直健康快乐，想看到您欣慰开心的笑容。

母亲您辛苦了！以后的岁月该轮到女儿好好疼您了！

女儿：大田

高田田，辽宁沈阳人。这封信写于作者研究生在读时期，语言细腻，感情真挚，让人仿佛见到母亲的形象。高田田从细节入手，回忆自己和母亲的点点滴滴，那些温暖的琐碎的日子是多么幸福，那些唠叨和道理是多么珍贵！亦师亦友的母亲，陪伴作者度过人生中的重要时刻，也让作者感到世界上最美好的温情。

写给母亲的信

黄国峻

启禀母亲大人：

妈，我没事，请不要再来这里探望我了，否则人家会以为我们是"老少配"，那会让我很难堪。还有，不要再送煎饼来了，被护士耻笑只会让我的病情更严重。

医生建议我用写信来抒发情绪，所以我是被强迫写这封信的。决定写给你，是因为我和朋友之间没有写信的习惯，他们认为信太正式了，往往会为了可读性而言不由衷。我们这一代比较喜欢用讲电话的方式沟通，一句来一句去，有一点像戏剧，我们没有意识到"表达"是什么，没有特定的方式或时间，因为随时都在表达。例如我的酣睡表达出了我的疲倦，我买的低腰牛仔裤诉说了我的自卑，我吃的零食显示着我对孤独的藐视。总之，其实我并不想写信给你，妈。

我本来要写给六姨妈，但是她在国税局上班，我在信上会忍不住一直批评财政部长的政策和发型。我很感谢阿姨，她以前常鼓励我去玩摇滚乐，也许她有嬉皮的灵魂，想要借我来达成梦想。可是没办法，我才要去上第二堂电吉他课，没想到吉他老师就在家中开枪自杀了，享年二十九。后来学费虽然有退还，但是钱还是全花在参加葬礼的西装上。我告诉阿姨，也许音乐只是个梦想，而且多半结局只是梦遗，很感伤，这你不会了解的。

目前医生正在教我：如何看见事件的光明面。他赞美我的忧郁症非常有诗意，具有一种奥地利式的虚无美学，还说我的自卑感充满了存在主义色彩的倾向。你见过这样安慰人的吗？他甚至赞美住我隔壁的钟楼怪人，说他的歪嘴斜眼很有个性，说他的驼背背负着人类的罪孽。我觉得根本是胡扯，他们只是想借着我们这些精神疾病来不断扩充医学的领域。他们甚至认为"解放神学"显然是大脑先天缺乏某种传导物质所引起的幻觉，老天，反对这个说法的哲学家们为了辩驳，到现在还在想办法弄懂一堆医学专有名词。

疯狂是自身的一部分。

妈，我现在不想自杀了，因为我很怕被别人乱解释我的死因，我认为葬礼完全被活人利用了，是对死者很没礼貌的打扰，硬是要搞得迎合某种核心价值。我宁愿自己的尸体被狮子吃掉。所以，妈，别再打毛线背心感动我了，我没事，否则再担心下去，反而换你得忧郁症了，你应该试试去学交际舞的。我前天认识一个躁动症患者，他是一个拉丁舞老师，他整天都很兴奋，抓着护士就不放，一下跳森巴，一下跳恰恰，搞得护士们差点重演歌舞片《万花戏春》当中几个经典场景。医生为了抑制他的兴奋，一直播放二次大战纪录片和伯格曼的电影给他看。

另外，护士把不少抗忧郁的药，偷偷加在巧克力奶昔中给我喝，结果现在我虽然心情愉快多了，不过同时我的体重也胖了二十几磅。这一胖，让我更忧郁了，而且我开始有疑心病，一直怀疑人家这么做就是在治疗我，认为人家是瞒着我，并且，我一想到自己是个要靠药物（与治疗）才能快乐起来的人，我就快乐不起来，既暴饮暴食又不吃不喝，搞得我的胰岛素像台币汇率一样波动。妈，我想也许我的疯狂并未消失，但是我已经能接受疯狂是自身的一部分这个事实了。

有时我很好奇你们以前所过的苦日子，到了我们这代真的结束了吗？艰苦教你知足，光是赏月看星星就能欢度约会的时间，但我的女朋友才不信那套，她唯一欣赏过的免费景象是火灾现场，她觉得消防队喷射的水柱很煽情，很浪漫。妈，你要同情她，因为她的大脑被染发剂中的化学成分腐蚀了，而且我不能劝她别染了，因为她认为：如果她没染发，而我还会喜欢她，那她就会认为我没眼光，很逊。反正你不会想了解这种事的。

没错，家庭的价值是无法取代的，但自由也是。你不就是为了我的成长被关在家里一辈子吗？也许你觉得这样很安分。没有冒犯的意思，但是我认为"家庭"的形式在改变，只要觉得哪里像家，哪里就可以是家，这样说也许是我的头脑有点一氧化碳中毒，但仔细想想，谁又不是呢？

我要说一个卡夫卡式的故事：一个外科整形医生，他把一个丑人变得很漂亮，结果从麻醉中醒来时，她突然认不出这是自己，而且她的朋友与家人都拒绝相信她是从前那个人，于是大家报警把她抓起来。在受不了重重逼问下，她竟然承认自己杀死了那个人。这就是我要说的，人生是荒谬的，而且观众本身又是剧中的另一个演员，一切都是错乱而却又恰如其分。

妈，你是个好人，有时候我真希望我们不是一家人，这样我会更容易与你沟通。说这些，只是想让你知道，我一切平安，真的不要担忧，我会再写信的。补充一点，前天有一个护士帮我注射药物时，居然批评我的屁股太扁，针很难打，老天，她可能现在正在休息室和同事嘲笑我的屁股，我可能永远没办法约会了，接龙游戏玩到我这里就断了，所有人都在看着我，真糟。当然这只是个比喻。就写到这里，可以吗？

祝福，儿子敬上。

黄国峻

2003 年 4 月 26 日

黄国峻（1971—2003），台湾台北市人，作家。父亲是小说家黄春明。淡江中学毕业。曾获联合文学小说新人奖推荐奖。2003年自缢身亡，英年早逝。

　　作者在信中提到很多事，写信的缘由、医生的安慰、女友和家庭，等等。一个患有心理疾病的青年，自卑、疯狂与错乱等一切将他推向绝境的情绪，在信中显露无疑。但是，在作者心中始终有这样一个人，他不愿意批评，那便是他的母亲。

写给母亲的信

杨爱武

娘：

这个夏天，我读到了今年让人流泪最多的一本书——龙应台的《天长地久：给美君的信》。美君是龙应台的母亲，这本书记录下了她照顾失智母亲过程中的感悟，尤其是她的自我反省、遗憾与悔恨，每每让我潸然泪下。读到下面这段话时，于我心有戚戚焉："如果可以跟母亲做朋友，那真是福分。她不只是你妈，她有名有姓，她有性格，她有脾气，她有伤心的时候，她有她内在无可言说的欲望。我后悔，为什么在你认得我的那么长的岁月里，没有知觉到：我可以，我应该，把你当一个女朋友看待？这世界上，本没有什么天长地久，所以，你必须把此时片刻，当作天长地久。"

龙应台后悔没有在母亲失智前把母亲当作自己的女朋友。娘，我一直想把你当作我的女朋友，只是，我怕你，真的，从小到大我一直怕。

小时候，你担任村里的党支部书记，同学们都羡慕我有个当"大官"的母亲，我却是从心底里羡慕小双她娘能给她做漂亮的衣服，红英她娘能给她梳漂亮的麻花辫，小青她娘常常牵着她的手送她上学……记忆中，你要么去公社、县里开会；要么在坡里带领社员干活；天黑了，别人都下坡回家了，你还要去大队部组织村委委员开会……那时爸爸在外地上班，是年近七旬的奶奶照顾着我们姐弟三人。咱们见面大多是在饭桌上，常常是奶奶把饭菜热了好几遍之后，你才回来，你坐下来就开始狼吞虎咽地吃，吃完了你就离开，咱们之间说话很少。久而久之，你雷厉风行的处事风格、在我面前不苟言笑的样子，让我心生敬畏。我十三岁那年，你做了个手术，我去医院陪你，给你削苹果时，你嫌我削得不好，你说："闺女啊，你这么笨，我咋指望你？"那是我第一次知道，你这么强的人，也有需要人照顾的时候。心里很惭愧自己没做好，不能让你满意。

我从什么时候开始怕你的呢？说不清楚。上学时，尽管你从来没有因为我的学习成绩说过我，但每当成绩不好时，我首先想到的是你，我怕你不高兴，怕你数落我；我从十三岁开始，每个暑假都把家里的被褥拆了、洗了、做了，只为了你看到拆洗干净的被褥时那满意的眼神；及至我结婚生女后，婆婆来给我看孩子时，彼此观念、生活习惯的不同导致了一些小矛盾，那时，我多么想把你当作我的女朋友去倾诉一番，听听你的意见。可是，想起我小时候你和奶奶多年胜似母女的感情，想起你调解村里那些家庭矛盾时义正辞严的谈吐，我怕你知道后会批评我，只好悄悄把问题处理好。1989年父亲去世，有两年的时间，您身体不好，我多想像你的女朋友一样，陪在你身边，照顾你的生活，和你说说贴心话。我却不得不坚守在工作岗位上——那时，我在超市做店长，随着连锁店遍地开花，我每天起早贪黑，足迹踏遍淄博三区一县……很多次给你打电话或去看你时，我的心都会悸动一下，我怕你会因为我疏于联系你而责备我。可是，无论我隔了多久去看你，你都是一副和颜悦色的样子，不仅如此，你还常常嘱咐我女儿要体谅我。你在大弟弟家住的那段时间，我在省里最大的水果市场做办公室主任，每天忙得不亦乐乎，去看你的次数很少。那年你生日那天，我匆匆赶去，竟忘记了你住在几楼，只好打你电话求助……我忐忑地出现在你面前时，当着那么多亲友的面，你笑着说：俺闺女真是高手，喜欢逗我开心。

娘，回想一下，我这小半生一直在忙碌，在奔波。当年在那家国营商店上班时，我是那么享受那安逸的生活，企业改制后，成立了市里第一家食品超市，连锁店开了六家，我是四家店的开业店长，我付出的心血可想而知，超市最终却走向了倒闭，我从此只好到处打工。感谢命运的眷顾，给我提供了一个个平台，在每个平台上，我都尽心竭力去做。曾经，因为跳槽，我在家闲置了半月，这半月，我怕你担心，不敢给你打电话，直到找到新的岗位，我才回家告诉你，你很坦然地说：我才不担心你找不到工作。那一刻，我才知道，在娘的心中，我还算是优秀的。

可是，我为什么感觉我心里是怕你的呢？大约是你在我心中太完美、太强大，我总怕自己做不好会让你失望；又或者是我感觉自己这么多年来，对你照顾太少，因此心存愧疚。我怕你啥呢？你是那么通情达理，那么善解人意，曾经，在我最忙的时候，你拖着病体去我家帮我打扫卫生；曾经，你做白内障手术时，怕我耽误工作，你让老家的小姨来照顾你。娘，你知道吗？得知手术失败时，想到你在这个过程中遭受的身心折磨和手术失败带来的后果，我的心像被人剜了一刀那么疼，有很长一段时间，我刻意回避这个话题，直到事情过去多年后的今天，我都不敢直视你那只手术失败的眼。

娘，这么多年以来，我不敢单独面对你，我怕自己心直口快，吐露自己的辛苦，让你担心，让你牵挂。希望在你的心中，我永远是那个大大咧咧、没心没肺的傻丫头。

娘，前年大弟媳安排拍摄全家福，当我搂着你拍这张照片时，竟一下泪流满面。娘啊，我的亲娘，半个世纪了，这是我们母女唯一的合影，这是我们第一次身体这么亲近。

好在，余生还长。二月份办理退休手续后，我有了大把空闲时间。你养我长大，我陪你变老。余下的日子，我会好好享受母爱的温暖，也会好好补偿我这么多年对你的亏欠。

敬祝

安康

爱武敬上

2018年8月20日

这封信写于作者退休之后，作者回忆和母亲的过往，想要陪伴母亲度过温暖的余生。在杨爱武心中，母亲是一个完美的人、强大的人，所以她从小对母亲是钦佩的、敬畏的，认真做好每件事希望得到母亲的肯定，最终她也成为像母亲一样坚强干练的人。

妈妈，我的优雅从容来源于您

金韵蓉

妈妈：

今年春节，好友一家从北京到台湾高雄我家小住几天过年，我去机场接他们时，好友问我：晚上和你妈妈见面吃饭，我该说些什么呀？老人家有什么特别的喜好或该留意的事吗？我笑着回答：呵呵！很简单，你只要真心地夸她看起来很年轻，夸她皮肤和身材保养得很好，夸她很有气质就行了！结果当天晚上我那很会说话的好友，就用这些话取悦了我已然八十好几高龄的老母亲！

在我还是个很小很小的女孩时，就知道女孩儿是应该要注重美丽的。我有两个姐姐，和那个物质匮乏年代的其他孩子一样，排行最小的我总是捡姐姐们的旧衣服穿。可是，我和那些捡哥哥姐姐衣服穿的孩子们不一样，我的衣服虽然也旧，可却被妈妈的巧手改得十分合身，而且上面总是有妈妈专门为我在衣领上绣的小花或裙摆上美丽的花布花边。那些小花和花布花边的样式和颜色不仅鲜艳好看，而且重要的是，妈妈这细心加持的爱心，教给了我对美丽事物的鉴赏眼光，以及相信自己值得拥有美好事物的信心。

其实，作为每个年龄相距只有2岁的4个孩子的母亲，妈妈的家务工作非常繁重，而且由于全家仅靠爸爸一个人的薪水收入养家，妈妈在已经繁重的家务之外，还得为从外贸毛衣厂拿回家来的毛衣绣花以贴补家用。因此从我懂事开始，每天晚上的记忆就是趴在双人床的下铺，看着妈妈洗漱完毕之后，对着卧室里小小的梳妆镜慢条斯理地抹着雪花膏，然后再带着雪花膏甜甜的香气，在晕黄的灯光下一面为一件件毛衣绣上美丽的毛线花，一面听着趴在2个上下铺上的姐弟4个，叽叽喳喳地抢着说话。如果爸爸当天不轮晚班，也会挤在哥哥的床上跟着我们一起嬉闹厮混，直到妈妈把小灯关了，喝令我们闭眼睡觉后，才和妈妈一起回房休息。

这个美好、安全而温暖的场景，一直伴随着我长大，直到哥哥姐姐相继离家到台北念书，爸爸的收入也足以支付家庭所有的开支之后，才慢慢地变成我一个人崇拜地看着妈妈浴后抹雪花膏的样子，并独享那香甜的气味。

今天，许多人会用"气定神闲"或"优雅从容"这些安静而美好的词汇来形容我。对于这些赞美，我除了谦卑地领受之外，也深深知道这些温柔宁静的气质来源于谁。我回想自己在妈妈身边的那些日子，记忆中几乎没见过妈妈气急败坏或大声说话的时候。不管白天的家务活有多忙多累，或哪个孩子从学校带回来的成绩单有多让她恼火，她都总有本事在夜深人静时带着淡淡的雪花膏甜香，温柔安静地坐在孩子们床边的灯下，绣着一朵朵的毛线花。

多年以后，也升格为母亲，并常被年幼的儿子和工作累得焦头烂额的我曾经问过妈妈这个问题，我想知道她是怎么能做到用时髦的现代语汇来说，这样优秀、成熟的"情绪管理"的？

没有读过很多书的妈妈用极为简单的答案回答了我。她说，我没有什么方法呀！我也不懂什么叫情绪管理，不是每个妈妈都是这样的吗？如果妈妈太厉害、太凶了，那孩子得多可怜呀？而且做大人的我们，总不能让孩子去控制脾气吧！

是了！是了！我因此明白了！妈妈用来管理情绪的，不是什么高明的技巧或学说，而是对作为母亲这个角色的深刻认识。简单质朴的她，所思所想所知道的，只是如何用温暖的母爱羽翼去呵护她的孩子们，不让他们受伤，不让他们害怕，不让他们自卑，不让他们孤单。她不用大道理去搅乱苛责自己，因此才能用最原始而纯净的心，去爱！

为此，我该如何感谢上苍所赐给我的幸运。幸运地让我从母亲身上学会了拥有如何感受生活中微小和唾手可得的美丽的眼睛，也幸运地让我从母亲身上心领神会地感受了智慧、纯净和无私的爱！祝我最亲爱的妈妈，母亲节快乐！

爱你的女儿

2012 年 5 月 13 日

金韵蓉，中国台湾心理治疗师，专栏作家，著有《美容与我》《芳香疗法教科书》等。这封信写于2012年母亲节，是金韵蓉为表达对妈妈的爱和感谢而创作的。面对艰难的生活条件，面对繁重的家庭事务，妈妈依然淡定从容、有条不紊地做好每一件事，于细小之处留下淡淡的温暖痕迹。在妈妈的切身影响下，金韵蓉耳濡目染，培养出自信从容的气质，以优雅之姿面对人生，实现了家庭和事业的平衡，得出了许多教育孩子的经验。

写给妈妈周年的信

潘石屹

妈妈，一年来常在梦里梦见你，听你对尘世和天堂经历的诉说。梦醒后回忆你在梦中对我说的话，一些能理解，一些我还理解不了。但我知道，我想念着你，你也思念着我们。

妈妈，一年前的今天你彻底摆脱了病痛对你身体的折磨，你纯洁的灵魂飞到了天堂，飞到了离我们很远也很近的另一个世界。在每次的祈祷和静思中，你的面容在我的泪水中逐渐变得清晰，让我深信你没有走开，你就在我们身旁。

妈妈，这一年来，全家的大人和小孩们都在健康成长和进步，我知道这离不开你的护佑。只有最纯洁的灵魂才被赋予为别人祈福的权利。我们爱着你，你也深深地爱着我们大家。

妈妈，有一次在梦中，我去看望你，为你带去一束白色的玫瑰花，我问你喜欢不喜欢。你用清晰的声音告诉我："这么漂亮的花，怎么会不喜欢呢？"

我们在你的墓前种上了一些白色的玫瑰花，让这些纯洁的玫瑰花陪伴着你的纯洁的灵魂。你一定能看到这纯洁的玫瑰花，也一定能感受到我们每个人对你的爱。

妈妈，这一年，我们大家庭聚会的时间更多了。我很后悔在你活着的时候，我们总是在忙，少了一些与你见面的机会。我们在一起回忆着你的故事，一起磋商着家庭的事务。我们猜想着，你如果在，你对我们讨论的事情会是什么意见。遇到不解的问题时，就托付给你，交给你去解决。我们深信你灵魂的力量比以前更有力量，更强大。

妈妈，村前的那条路，我们俩曾经一起背着粮食，背着柴火走过。我是唯一与你一起劳动过的孩子。你瘫痪后弟弟妹妹就没有这样的快乐和机会了。就是在这条路上，我曾对你说，我七岁要背70斤，八岁背80斤，九岁背90斤，十岁背100斤。你一直担心，这些粮食压坏了我的身体。我十岁那年，终于没有把100斤的粮食背回家。今天我们已把我们共同走过的这条路修好，再也不是晴天土、雨天泥的样子了。

　　妈妈，我上学时，你为我操心。老师常批评你没有给我买本子和铅笔。一次上课时，我手中的铅笔短得捏不住了，老师不让我上课了，说："让你妈买铅笔去。"你看到教室门口的我，很为难。最后你从"先生爷"（我们村上的医生，大家都这样称呼他）借了一毛钱，到供销社给我买了花花绿绿的五支不带橡皮的铅笔。你鼓励我说，有了这么多的铅笔一定要好好学习。今天我们建成这所学校的最后一座教学楼完工了，在你一周年的祭日，所有的同学们都搬进了新的教室。这也一定是你最大的心愿。

　　妈妈，无论你在不在我们的身边，无论在何时何地遇到什么样的事情，我都会想一想你教给我们做人的原则。这是你对我们最大的保护，这胜过你给我们的一切。

妈妈，无论遇到什么困难，只要有你的精神存在，我们都会克服。记得爸爸平反后的一天，老乡们全村出动送我们上路。一辆顺路的解放牌卡车，把我们一家拉到了清水县城。你躺在我和爸爸用一块布、两根木棍做的担架上。我抬着前面，手中拖着4岁的弟弟；爸爸抬着后面，手中拖着晕车的妹妹。我们从街道上走过时，大家都在看，不知这是从哪里逃荒来的一家人。还有比这更大的困难吗？

今天和以后，你给我们的温暖、力量和爱永远陪伴着我们。

你的孩子们、亲人们永远爱着你。

潘石屹，1963年11月14日出生于甘肃天水，著名地产商，SOHO中国的董事长。书信写于其母亲去世一周年时，在这封无法寄出的信中，有潘石屹对母亲的愧疚、感激与怀念。愧疚于当自己功成名就时，因工作忙碌疏忽了对母亲的照顾；感谢母亲对自己的照顾与教育，她的精神将永远温暖、守护自己。母亲虽然已经离开，但是他会一直思念母亲，铭记母亲的教诲，踏实做人。

梦是我们母子相会的地方

王祥夫

母亲：

你去世已经有十多年了，但我觉得你是永远不会离开的，我只不过是不知道白天去了什么地方。到了晚上，你总是和我在一起，我知道那不过是梦。在梦里，对我说这说那，絮絮叨叨，我喜欢你的絮絮叨叨。你总是坐在我对面，容颜没什么变化。这么多年来，我真不知道你白天去了哪里，但一到晚上，你总是会出其不意地出现在我的面前，

白天，你究竟去了什么地方，只有晚上，我才有可能和你相见。你离开我已经十载有一，寒往暑来，我现在越来越觉得你根本就没有离开过我，只不过是白天去了别的地方，到了晚上，又会回来看我，容颜没怎么改变，对我的爱也没变。

忽然会出现在厨房里，在给我做饭，围着你经常围的那条围裙，在擀面条，灶台那边的水已经开了，蒸汽腾腾的。妈，水开了。知道了。你去放桌子。我把筷子和装满菜的盘子放在了桌子上，还没等吃，梦往往就醒了。再就是，你这天忽然又出现了，在窗外的花池子里异了一株草茉莉，说要把它栽到花盆里去。你最喜欢那种鬼脸儿的草茉莉，也就是那种粉色的花瓣上有紫色的斑点的草茉莉，我说，这能异活吗？你不说话，已经在往回家走了，走在我的前边。我紧跟在后边。你拄着拐，却走得很快，我怎么也跟不上，一眨眼你已经在那里种花了，再一眨眼，花盆里的花已经开了，开了许多。我忽然明白这是在梦里，我希望你在梦里多看我几眼，多跟我说几句话，但梦忽然却醒了，三星在天，是凌晨的时候。我坐起来，从这个屋走到那个屋，再从那个屋走到这个屋，你的床还在，用过的床单，还铺在那里，用过的枕巾，也还铺在那里。我让自己躺在上边，我能闻到你的气息，眼泪却流了下来。母亲你究竟去了哪里？

那一天晚上你突然又出现了，带了一块很大的蛋糕，我说给我买这么大一块蛋糕做什么？走了远路了，满脸都是汗，而且有点气喘，你气喘吁吁地坐下来，坐在我的床边，已经是夏天了，我说热吗？赶紧喝口水，谁让你买这么大一块蛋糕？提这么大一块蛋糕走路？在梦里，我忽然生气了，每逢这种时候我都会生气，我不要你走远路，你在这么热的天气里在外边走来走去，我气了，我大声说话，用很大的声音说。你的声音却很小，你明天要过生日了嘛，过生日总要吃生日蛋糕嘛？你看着我，笑眯眯地看着我，说，老四，明天是你的生日，你忘了吗。我在梦里才忽然明白你已经去世了，这不过是个梦。但怎么，你又会这么真真切切买了一块蛋糕出现在我的眼前？我想问问你，但梦突然已经中断，我再想和你说点什么都来不及，此时已是半夜。我把床头的日历拿过来看看，日历告诉我明天就是我的生日，我感觉我的眼泪已经怎么也止不住，怎么也止不住。梦是什么？我一遍一遍地问自己，梦是我们母子相会的地方，我想念你，我的母亲。

　　白天，你究竟去了什么地方，只有晚上，我才有可能和你相见。你离开我已经十载有一，寒往暑来，我现在越来越觉得你根本就没有离开过我，只不过是白天去了别的地方，到了晚上，又会回来看我，容颜没怎么改变，对我的爱也没变。

王祥夫，1958年生，辽宁抚顺人，山西省作家协会副主席，云冈画院院长。

"想见音容空有泪，欲闻教训杳无音。"作者写此信时，母亲已经去世十多年，想要再听、再见母亲的音容也只能是在梦中。然而，当初最平凡的小事到如今也成了这世上最奢侈的事。在作者的梦中，我们能够看到母亲对儿子的挂念，不辞辛苦只为买来蛋糕给儿子过生日；也能够看到儿子对母亲的思念，每日每夜的梦忆往事，在梦中重温母亲的音容。

三毛写给父母的信

三 毛

爹爹，姆妈：

　　我的足踝在马德里回来后不几日，便跌断了，当时很痛很痛，在地上狂叫，但是那日没有医生，等了三日脚已肿得一塌糊涂，方才去看，上石膏之类。两个月过去，现已好了，不用石膏，但仍是一碰就痛，已可走路，跑是不行，所以我说生病了。这个脚不断，文章还写不出来呢，因祸得福，荷西因此下班回来仍要带菜、洗衣，现在我已可接过来做了。本来不想讲，但姆妈担心我生什么病，所以现在告诉姆妈，没有什么大不了，已经好了，再过一月便可去度假了。药费保险，只付百分之二十，医生不要钱。

我们因计划写书，所以替相机又添了一个三脚架，一个远镜头，一个广角镜头，我的书要有许多图片，荷西负责照相。这几日又有朋友说，你菜做得那么好，为什么不出一本食谱，西班牙没有中国菜食谱，我可卖一个好价钱。我想太好了，荷西可写西文，我们来出书。计划太多了，要一步一步做出来才好。现在公司"公共关系"给我一个差事，我却不想要了，因为上司我不喜欢，另外是我们已申请工作在西班牙南部、葡萄牙边上去工作，明年二月可能会走，薪水少，但我们希望走，因此地局势不定，所以我工作的话，做不到两个月又得走了，我亦不太感兴趣，薪水大约有三百美金左右，如明年二月不走，我便去做事。如果明年能走，那是太理想了。

荷西已拿到政府发给的文凭，（大学不用念啦！）又拿到水底工程的证书，还有工作执照，现在已有保障，这都是他月月去申请来的。今天发下来，有这文凭，吃饭不愁了。我对他所赚非常满意。昨天给我五千，算我零用，我想买些此地的手工艺品。

姆妈，你的尺寸请寄来，我去马德里买皮大衣给你，在马德里只有七天逗留，会很忙，荷西说我回公婆家要接厨房，我同意的。现在另有一工作，给十万一个月，另每个月给一星期假，在海上浮岛做工，不能带太太，我们亦希望去申请，但荷西不喜去，他说钱没有用，随便他了。我说钱很有用。

荷西又感冒了，我自从知道感冒会到心脏之后，很怕这个东西，他常常感冒，这点很不好。潜水的人鼻子不会好。

爹爹太忙，身体注意，姆妈尽量找空休息。

PS.我是每星期一信！

又，我十一月三十日离开此地，去安塔露西亚二十天，如包裹要寄，请十五日以前一定寄出了，谢谢！

妹妹上
一九七四年十一月一日

三毛（1943—1991），原名陈懋平，后改名为陈平，1943年出生于重庆，1948年，随父母迁居台湾，中国当代著名作家。1973年，三毛定居西属撒哈拉沙漠，和荷西结婚。此信写于第二年，收录在《撒哈拉的故事》一书中。书中三毛向母亲交代自己的近况，也有对未来的规划，这是身处异国他乡的子女希望母亲不要担心、牵挂的表现。同样，三毛在信中不经意透露出与丈夫婚姻生活的甜蜜，也能体现这一点。

母亲大人膝下敬禀者

刘中新

母亲大人尊前敬禀者：

　　自因去年在甘肃时接到家信一封，到现在已经有一年多了，还未接到家信一封，也不知道现在家中的情形什么样子。在去年七月的时候我寄回家里的相片也不知道收到了没有？如果接到此信，速速回音，把家里的情形完全说明，以免儿在外挂念为要。现在儿在第八路军一一五师三四三旅旅部工作，身体康健，请勿挂念，如果见信速速回音为要。

　　此致，祝我家中老少均阁
金安！

儿忠新敬禀
六月十日

母亲大人尊前膝下敬禀者：

　　儿自从去年五月在甘肃省的时候，接到家中回信两封，我还在原地休息，到八月一号开往山西侯马车站休息了两三日，儿又给家中写了一封信，内有相片两张。

　　到第二天又坐火车开往河北省以来，又给家去了数十封信，始终未有接到家信一封，也不知道儿写给家的信收到了没有？想念的很，现在也不知道我弟昌柏还在家里没有，儿在外挂念。所以我不断梦见我妈妈和我的弟弟。

　　在前天的夜里正在睡安稳觉的时候，忽然梦见了我的妈妈，妈妈已经老得不像样了。我就大喊起来，忽然喊了一声，同我在一块儿睡的同志听着了，他就叫醒我问我喊什么，我当时也说不出，仔细一想，原来是做了一个梦。

到上午吃罢午饭的时候，我正在房子里卧着看书，忽然有一位同志说道：送信的来了！我听到了就连忙跑到外边去看，我见有好多的家信，我看了半天都是别人的，原来没有我的一封。人家接到了家信，把家里的情形都知道了，可是我的家里也不知什么样子，也不知我母亲和我弟弟的身体如何？夏季的收成什么样子？希望你接到了此信速速回知为盼。

现在我在八路军——五师三四三旅旅部副官处工作，和几位很好的朋友都在一块工作，每天说说笑笑，非常快乐，同时我的身体也很好，请你不必想念。现在也不知道我妹妹身体如何，家中情形什么样子，来信时也要说明。我以前在家中出来的时候，一起到出来了三四十个朋友，现在也不知到何处工作去了，我在这里连一个也没有见到，也不知道咱们那里有回去的没有，你如果来信时完全说明为盼。

此致，即请
大安！

儿中新鞠躬
七月十七日

在前天的夜里正在睡安稳觉的时候，忽然梦见了我的妈妈，妈妈已经老得不像样了。我就大喊起来，忽然喊了一声，同我在一块儿睡的同志听着了，他就叫醒我问我喊什么，我当时也说不出，仔细一想，原来是作了一个梦。

母亲大人尊前敬禀者：

　　自因七月二十八号那天，儿接到家信一封，内云均悉，心中快乐至极了，并不挂念。不过你说叫我给家邮钱，可是现在我们的队伍住在敌人的后方，交通不便不能邮挂号信，所以有钱也不能寄回来。请你们再等一个时期，将来交通便利的时候，儿即速把钱和眼药就寄回来了，请你不必关心。现在儿还在一一五师三四三旅旅部工作，住在山西省孝义县兑九峪一带，近来身体很好，请阖家老少勿念。

　　此致，并祝
金安！

　　　　　　　　　　　　　　儿刘中新
　　　　　　　　　　　　　　七月二十八号

母亲大人膝下敬禀者：

　　从我接到家中回信，不觉已有月余了，也没有写信回来。对于我在甘肃省宫何镇王家禄休息了有半年之久，现在行动到了山西省侯马车站。现在要行动，不必回信，以后我来信再回信。你大小在家中要保养自己的身体，我在外面的身体是非常强健，你大小在家不必挂念。

现在是全国动员抗战的时候，我在外都是为了抗日救国，不能在家来孝顺母亲大人，以后回家再来孝顺母亲大人。现在我在国民革命军第八路军一百一十五师政治部工作的，话不必多说，以后说完。

儿刘中新

九月七日

一位经过长征走向抗日战场的热血男儿，为人民、为国家、为民族抛家舍亲，出生入死，最终也没能回到他日夜思念的家乡，甚至连一张模糊的照片也没能留下，留给亲人的只有这四封字句滚烫的家书和无尽的等待……

在八路军一一五师政治部（后在三四三旅）工作的八路军老战士刘中新（又名刘忠新）写给家中的四封家书，是相关人士在搜集整理东固革命根据地相关史料时被发现的，信中所流露出来的报国之志、思乡之情、孝老之心溢于言表，令人感慨万分。

刘中新在家乡中的谱名为刘昌榜，有一个弟弟叫刘昌柏。这四封家书均由刘昌柏的两个儿子刘发照、刘发熙保存至今。

当年刘中新所在的东固区苏区（今为江西省吉安市青原区东固畲族乡），曾有2400多人参加红军，占全区总人数8000人的24.29%。由于当时东固区扩红支前工作做得好，全区青年踊跃参加红军，出现了整营（二三百人）整连（一百多人）去当红军的喜人局面。1930年10月攻克吉安后，曾有一次性两个营（500多人）参加红军的盛况，因此东固区曾被评为中央苏区一等模范区。据1934年的统计，在主力红军长征后，东固区青壮年劳力不足400人。中华人民共和国成立后统计，东固区有名有姓的烈士达1400多人，无名烈士就更多了，由此可见东固人民对中国革命所做出的重大贡献。

刘中新大概在上世纪20年代末期参加红军，长征到达延安，后在八路军一一五师政治部和三四三旅工作。据初步考证，此四封信分别写于1938年、1939年6至9月间。其中的一封家书这样写道："现在是全国动员抗战的时候，我在外都是为了抗日救国，不能在家来孝顺母亲大人，以后回家再来孝顺母亲大人。"在一封长达五页的家书中，详尽描述了梦中思念亲人和家乡的情景，以及看到别人收到家书而自己没有时的失落感。信中还特别写道："我以前在家中出来的时候，一起到出来了三四十个朋友，现在也不知到何处工作去了，我在这里连一个也没有见到，也不知道咱们那里有回去的没有，你如果来信时完全说明为盼。"信中对家乡战友的思念之情和牵挂跃然纸上。从现在已知的情况来看，十有八九是牺牲了，当时刘中新是一位幸存者。

冼星海写给母亲的信

冼星海

妈妈：

上海"八一三"的炮声使整个中华民族有血气的民众觉悟了！团结了！从此以后国土四周围都布满着敌人的火焰，每一个中国人都免不掉危险。六年前的三千万流民的印象当我还没有忘记的时候，如今又遭遇到更大浩劫，更残忍的屠杀了。在这关头，我们每一个中华民族的国民再没有第二句话，"只有保卫国土，来参加这伟大而神圣的战争！"我们并不赞颂战争，可是没有战争，或许就不能发现人类的真理，没有战争，就失掉自由和博爱的存在！

亲爱的妈妈，我是在上海开火后五天离开那素称安逸的上海的。沿一条弯曲的苏州河向前进。一路上也都是四处炮声，头上也都是敌机盘旋。同行十四人一样地不顾一切向前，为着踏上一条大路，竟没有顾到目前所坐的是一只拖粪小船的臭味，和肚里的饥饿。但，妈妈，你得明白我们并不是逃难，我们十四个都是救亡的勇士，虽然还没有实现我们预期的愿望，可是我们每一个人都明了自己对国家应负的责任。从出发到今天已经是整整四个多月了，一百多天的旅程，一百多天的过去，国土又不知沦陷多少，同胞又不知被屠杀多少？！但我们并不悲观，也许我们失去了的土地会被炸成一片焦土，但到最后胜利在我们手里的时候，我们还可以收复已失的土地，更可以重建一切新的建筑新的社会。伟大的先驱告诉我们："没有破坏便没有建设。"只有赶走了敌人才是我们唯一的出路！

现在我已到武汉了，并且不久又快去重庆。在这无一定的漂流生活，虽然也为着国家宣传救亡工作，但遇到像今天晚上的漫漫的黑夜，那凄凉冰冷的四周，我好像耳边有无数的失去了儿子的母亲，和失去了母亲的儿子的哀诉。那不能告诉人的潜伏般的音乐，很沉重地打我，使我不能不又想起了我唯一的你——妈妈。我想在每一个母亲也想念着她自己的儿子出发为国宣劳的时候，或许会更恳切些吧！是的，或许会更恳切的！因此我半夜没有酣睡。但想念着国家的前途和自己应负的责任，我又好像不得不要暂时忘记你了，忘记一切留恋，但我并不是忘记了你伟大的慈爱和过去五十多年的虔养和飘零生活，我更不是忍心地来抛弃你走去千百万里的长程。可是我明了我自己的责任，明了中华民族谋自由、独立解放的急切。我是一个音乐工作者，我愿意担起音乐在抗战中伟大的任务，希望着把宏亮的歌声震动那被压迫的民族，慰藉那负伤的英勇战士，团结起那一切苦难的人们。但，妈妈，我常感到自己能力的薄弱和自己实际生活的缺乏，虽然有时站立在整千整万的民众面前，领导着他们高歌，但有时我总有战栗，因为往往不能克服自己的情绪又想念到遥远的妈妈了！可是当我每到一个地方的时候我都被那民众歌咏的情感克服我，令我不特忘记了自己，忘记了你，而且又更加紧我的工作。和他们更接近，更使我感觉自己的情绪已移向到民众了。我不时都在妈妈面前说过，我不是一个自私自利自高自大的音乐家，我要做个生在社会当中的一个救亡伙伴，而且永远地要从社会的底层学习。过去二十多年的流浪生活，就指示了我一个实生活的经验是超转了学校的功课的。我常常感到民众的力量最伟大，民众对音乐的需要，尤其在战时，那使我不能不忍痛地离开你而站立在民众当中。他们热烈地爱着我，而我也爱护他们。

自我离开上海后，妈妈必定感到很寂寞，为的并没有亲近的人在你身旁。连可靠的亲友也逃避到香港了。但我很希望妈妈放心，这次抗战是必定得到胜利的，只要能长期抵抗下去。但在英勇的抗战当中，我们得要忍耐，把最伟大的爱来贡献国家，把最宝贵的时光和精神都要化在民族的战争里！然后国家才能战胜。所以在争取民族解放的国家当中，我们更需要伟大的母性的爱来培植许许多多的爱国男儿——上前线去，或在后方担任工作。这样才能够发展到每个人对国家的爱更急切。妈妈！我更有一件事情可以安慰你的，就是现在我已开始写《中国兵》了。这作品是继续《民族交响乐》之后的，是纯用音乐来描写中国士兵抗战的英勇，保卫国土的决心。那伟大士兵的抗战精神，已打动每一个父母的心。在《中国兵》作品当中，我们可以听每一个不怕死的士兵向前冲。每一个做妈妈的都能够忍痛地抛弃私爱来贡献他们唯一的儿子出征。《中国兵》的写作就是根据爱的立场，偏重爱民族的伟大任务。我曾和伤兵展开谈话，我也听过很多士兵冲锋游击军的故事。可是我也得亲历其境，并且要参加作战，才能更明了《中国兵》的伟大。我除写作之外，我还想走遍各后方作救亡歌咏宣传运动。

在武汉七天后，我们预备去重庆各处担任后方宣传工作。我想在这长程的旅途中，我可以受很多社会的指示，得许多作曲的材料。我虽然时常地要想起妈妈，但理智会克服我，而且我自己知道在这动乱的大时代里，没有一个被侵略的人民不是存着至死不屈的精神。如果将来中国打胜仗以后，那一切的母亲们和儿子们都能有团叙的一天。国家如果被敌人亡了的话，即使侥幸保存性命，但在偷生怕死的生活中和不纯洁的灵魂的痛苦，比一切肉体的痛苦更甚了。为着中华民族的生存，我希望一切的母亲们和儿子们，都勇敢地向前，中华民族解放的胜利，就是要每一个国民贡献他们的纯洁的爱给国家。同心合力在民族斗争里产生一个新中国。

别了，亲爱的妈妈，没有祖国的孩子是耻辱的，祖国的孩子们正在争取，用青春的战斗的力量支持那有数千年文化的祖国。我们在祖国养育之下正如母胎哺养下一样，为着要生存，我们就得一起努力，去保卫那比自己母亲更伟大的祖国。

妈妈，看了这封信以后，我想，在您的皱纹的脸上也许会漾出一丝安慰的微笑吧。

再见了，孩子在征途中永远祝福着您！

星海

一九三七年十二月三十一日

冼星海（1905—1945），祖籍广东番禺，出生于澳门，中国近代著名作曲家、钢琴家，有"人民音乐家"之称。1926年入北京大学音乐传习所，

1928年进上海国立音专学习音乐。1929年去巴黎勤工俭学，师从著名提琴家帕尼·奥别多菲尔和著名作曲家保罗·杜卡斯。1935年回国后，积极参加抗日救亡运动。1938年赴延安，后担任鲁迅艺术学院音乐系主任。1939年6月，加入中国共产党。1945年10月因劳累和营养不良，肺病日益严重，最后病逝于莫斯科。

　　1937年卢沟桥事变发生，中国全国性抗战开始。冼星海加入了上海文艺界所组建的上海抗日救亡演剧二队，奔赴上海、江苏、浙江、河南、湖北等地的城镇、乡村、工厂、学校、兵营中宣传、演出，大力进行抗日救亡的宣传活动。冼星海在国难当头之际，义无反顾，忍着内心的巨痛，再次辞别相依为命的母亲，奔赴抗日战争的宣传前沿阵地。深明大义的母亲黄苏英同样忍着巨痛，献出唯一的儿子冼星海，鼓励他积极投身于伟大的抗日战争洪流中去，以音乐作为武器，与强暴的日寇展开斗争。

给母亲的信（节录）

冷少农

母亲：

好久没有接着你的信了，更是好久没有聆听你老人家慈爱亲切的教训了，我的心中是多么的想念啊！我因此曾经写信去向三弟询问过，我因此曾经再三的自省过，我不知道我有什么触犯家庭，我不知道我有什么干怒母亲，以致值得你们这样的恼恨我，弃绝我，甚至于不理我。

前天接着你老人家三八妇女节给我的信，我高兴得什么似的，我把它翻来覆去的读了好几次，读得我真是狂欢得要跳跃起来，我知道你老人家虽然在痛快淋漓的叫骂我，但你老人家的心中仍然是极端的痛爱我，我知道你老人家虽然已经是恼恨我，但还不至于弃绝我和不理我。由此我更体会到母亲对儿子的爱，它的崇高和伟大，是任何的爱不能及得着的。

真的，我现在确是成为一个你老人家所骂的不忠不孝、忘恩负义的儿子了。我为什么要这样不忠不孝、忘恩负义呢？在以前没有指责我的人，就是所谓没有人点醒我，所以我只觉我做的都是对的，我就这样尽力做下去，一直做下去以至于现在，已经是牢不可拔了。今天，虽然有你老人家慈爱的呼声作我的当头棒喝，也恐怕是不可救药吧。

母亲，你第一急切要知道的，怕是我在南京干的是些什么吧。我的普通情形也很平常，同其他的普通人一样，每月拿八十块钱，办一些不关痛痒的例行公事，此外吃饭睡觉，或者在朋友处玩。这样的事在我是一钱不值的，不过因为要生活着，同时还有好多人又在羡慕着而想夺取着，所以我就不得不敷敷衍衍地将就混下去。这样呆板无聊的生活，久过有什么趣味，照理我应该把它丢掉，回家来一家老少团圆地过着，或者在地方上当绅士，或者在省城去活动活动，怎么还老在南京呆着呢？这，我有我的想法，在南京虽然呆板无聊，但还可以随时得到新书看，还可以向新的方向进展。老实说，还可以为痛苦的人类尽相当的力量。人是理智和感情的动物，我现在还是人。虽然你们骂我不是东西，我自信我还是一个人。我的理智和感情当然还没有失掉，至少是没有完全失掉。你老人家是生我身的母亲，又是这样的慈爱我；大哥是我同胞共乳的手足，因为父亲早死，对于我的教养也曾相当的负过责任；娴贞是我十余年来同床共枕的妻子，为我抚育儿女，从未有不对的地方……母亲，你就不提及他们，我也是朝夕忘不掉的。在家庭中，我是一个受恩最多而一点未酬的人，照理我应该把家庭中一切的责任负起来，努力地去完成我一个好儿子、好兄弟、好丈夫、好父亲的事业，至少在外面应该努力地做一个显亲扬名的角色，极力地把官做大一点，把钱找多一点，并且找的钱应该全部送回家来，使得家里的人都享受一点清福，使乡里的人个个都要恭维我家的人。这样，我才能稍稍尽一点忠孝，这样，才不算忘恩负义。但是我竟不这样做，不这样做就算没有尽着责任。没有尽着责任，就不算什么东西，东西都不成，自然更不会叫做人了。我能够想到这个地方，我的良心算尚未丧尽吧。怎么想得到而又不肯这样做呢？这是你老人家急于要知道的，也是我现在要解答的。你老人家和家庭中一切人过去和现在的痛苦，我是知道的，但是无论怎样的苦，总不会比那些挑抬的、讨田耕种的、讨饭的痛苦。他们却一天做到晚，连自己的肚皮都装不满，连自己身上都遮不着……母亲，你看他们是多么的痛苦，是多么的可怜哟！他们愿意受痛苦，愿意受耻辱，愿意受饥寒，愿意丢掉生命吗？是他们贱吗？是他们懒吗？不是的，一切的土地都为这些有钱有势的人占去，不给他们找着事情做的机会，尽量想法去剥削他们，不使他们有点积蓄，有钱有势的人却利上生利，钱上找钱的发起财来，财越发得大，这样受苦的人越来得多，这样的人越来得多，使得大家都不安宁。母亲，你老人家已经要到六十了，你见的比我见的多。只要你老人家闭起眼睛想一想，我说的话该不会是假话吧。我因为见着他们这样的痛苦，我心里非常的难过，我想使他们个个都有饭吃，都有衣穿，都有房子住，都有事情做。我又想这些有钱有势的人不要长期的顽固，长期的把一切都占据着，而使得他们老是受痛苦。所以我现在就是在向这个方向去做。这样的事情是一件最大而又最复杂的事情，我要这样干，非得把全身的力量贯注着，非得把生命贡献。我既把我的力量和生命都交给这一件事情，我怎么能够有工夫回家来，忍心丢着这样重大的事情，看着一般人受痛苦，而自己来独享安逸呢？

母亲！你是很慈爱我的，就是家中的一切老少也是很想念我的。因为太过于慈爱，和太过于想念我，才会一再的要我回家来。但是请你们把这爱我和关注我的精神，换一个方向去爱一切我上面所说的人，去关注他们，把他们也当作你们的儿子，和兄弟一样，你们也会赞成我，原谅我吧。母亲！我真的是不忠不孝，忘恩负义吗？我是把我的孝，移去孝顺大多数痛苦的人类，忠实的去为他们努力。同时我是社会养育出来的一个分子，我受社会的恩惠也很多，所以我也不敢对它忘恩负义。我时常想着这样对待家庭的态度是不对的，但是一想到大多数的穷苦民众，他们人数这样的多，他们苦痛这样的大，我家庭中的人虽然也受有一点儿痛苦，哪点及得他们？况且母亲你老人家又爱做好事，我这样的做，不也就是体贴着你老人家的意思在干吗？母亲！要是你老人家明白我这个意思，我想你一定会设法来鼓励我和督促我，决不会再骂我不忠不孝，忘恩负义了吧？

我这样的做法，也不是我个人的意思，自然是有好多同伴，干起来倒很热闹，很快活。要是当这件事情得着一般穷苦的人们了解的时候，他们更是喜欢我们，亲近我们。我们这样的做法，自然有的人不满意我们，有些是不了解，有些是对于他的利益有关系，随时都在阻碍我们，反对我们，甚至于要杀害我们。但是我们一天天的人多起来，势力大起来，我们是要取得胜利的。反对我们的人是要遭我们消灭的。当父母长者的人，应该使儿女幼小者努力于社会事业，为大多数劳苦民众谋利益、除痛苦，决不要死死的要尽瘁于家庭。革命之火快要延烧到全世界了，旧的污垢（为个人的）以及一切反革命的东西是要会被消灭的。不信，请你等着看一下。母亲，儿一气写了这样多，中间自然免不了许多冲撞的话，但是我热情地希望你老人家和家中的老少们深深给我以原谅吧。

　　谨此，敬祝

健康！合家安乐！

　　　　　　　　　　　　二儿农

　　　　　　　　　　　　三、三一

　　冷少农（1900—1932），原名肇隆。贵州省瓮安县人。1923年毕业于贵州省立法政专门学校。1925年加入中国共产党。1927年春，任南京军政部训练总监部上尉秘书。1931年，任南京清凉山三民中学（现南京第四中学）国文教员。在南京期间，曾任中共南京市委委员，积极从事党的地下工作。1932年3月，市委遭到破坏，冷少农不幸被捕，在狱中坚贞不屈。同年5月，在南京雨花台英勇就义，时年33岁。

　　1930年，冷少农受共产党组织的委派，在南京从事地下工作。由于特殊的工作和环境，使他不能将实情告诉母亲，以致引起了家人的误解和责难。

为此，他写下了一封长信，全文长达5000多字。信中反映了他忠孝不能两全的处境同时，流露出对母亲及家人的亲情，表达了自己献身于革命事业的崇高理想。

陶行知写给母亲的信

陶行知

母亲：

　　家中从前寄来的信，如今都收到了，并未遗失，只是来得慢些。

　　儿从母亲寿辰立志，决定要在这一年当中，于中国教育上做一件不可磨灭的事业，为吾母庆祝并慰父亲在天之灵。儿起初只想创办一个乡村幼稚园，现在越想越多，把中国全国乡村教育运动一齐都要立它一个基础。儿现在全副的心力都用在乡村教育上，要叫祖宗及母亲传给儿的精神都在这件事上放出伟大的光来。儿自立此志以后，一年之中务求不虚度一日；一日之中务求不虚度一时。要叫这一年的生活，完全的献给国家，作为我父母送给国家的寿面，使国家与我父母都是一样的长生不老。

实验乡村师范开办费要一万五千元，经常费要一万二千元，朋友们都已答应捐助，只要款项领到，就可开办。阴历原想回家过年，无奈一切筹备事宜必须儿亲自支配，不能抽身。倘使款项早日领到，或可来京两星期。如果到了腊月廿七还没有领得完全，那年内就不能来了。好在家中大小平安，儿亦平安康健，彼此都可放心。

昨日会见冬弟，知道金弟在西安尚好，可以告慰。冬弟亦较前强壮。桃红、小桃、三桃、蜜桃给我的拜年片子都是很有意思很有价值，儿已经好好的保存了。

敬祝

健乐！

行知

一月廿日

陶行知（1891—1946），安徽省歙县人，人民教育家、思想家，伟大的民主主义战士，爱国者，中国人民救国会和中国民主同盟的主要领导人之一。

陶行知1917年秋回国，先后任南京高等师范学校、国立东南大学教授、教务主任等职，开始了他富于创意而又充满艰辛的教育生涯。研究西方教育思想并结合中国国情，提出了"生活即教育""社会即学校""教学做合一"等教育理论。他特别重视农村的教育，认为在3亿多农民中普及教育至关重要。"一二·九"运动后，在中国共产党的帮助和影响下，积极宣传抗日，参加民主运动，进一步认识到教育应为民族革命和民主革命服务。

徐志摩写给父亲母亲的信

徐志摩

我至爱爸妈膝下：

自爱亲回硖后，儿因看妈上车时衰弱情状，心中甚为难过，无时不在念中。惟此星期预备上课，往来宁沪，迄未得暇，不曾修禀问候，不知妈到家后精神有见好否？今日在大马路遇见幼仪与朱太太买物，说起爸爸来信言，妈心感不快，常自悲泣，身体亦不见健。儿当时觉得十分难受，明知爱亲常常不乐，半为儿不孝，不能顺从爱亲意念所至。妈身体孱弱至此,儿亦不能精尽奉养之职。即如今日闻幼仪言后,何尝不想立刻回硖省候,但转念学校功课繁重,又是初初开学,未便请假,因此甚感两难。妈亦是明白人,其实何必不看开些,何必自苦如此。妈想,妈若不乐,爸爸在家当然亦不能自得,儿在外闻知,亦不禁心悬两地,不能尽心教书。即幼仪亦言回家去,只见到忧愁,听到忧愁,实在有些怕去。如此一来,岂非一家人都不得安宁,有何乐趣?其实天下事全在各人如何看法,绝对满意事,是不可能的。做人只能随时譬解,自寻快乐。即如我家情形,不能骨肉常时团聚,自是一憾。但现在时代不同,往时大家庭办法决不可能。既然如此,彼此自然只能退一步想。儿虽不孝,爱亲一样有儿有孙有女。况只要爱亲不嫌,一家仍可时常相处。儿最引以为虑的,是妈妈的身体。我与幼仪一样思想,只求妈能看开些,决心养好身体,只要精神一健,肝肠自然平顺,看事情亦可从好处着想。爸爸本性是爱热闹豁达大度的,自无问题。我等亦能安命,无所怨尤,岂非一家和顺,人人可以快乐安慰?妈总要这样想想才好。先前的理想现已不可能，当然只能放开。好在目前情形，并不过于不堪，妈又何必执意悲观，结果一家人都不愉快，有何好处？儿拙于口才，每次见妈，多所抱怨，又不容置辩，只能缄默，万分无奈，姑且再写此信去劝妈妈，万事总当从亮处看，一家康宁和顺，已是幸福，理想是做不到的。妈能听儿解劝，则第一要事就该自己当心养息。儿等在外做事，但盼家信来说爱亲身体安健，心怀舒畅。如得消息不安或不快，则儿等立即感受忧愁，不能安心做事矣。此点儿反覆申说，纯出至诚，尚望爸爸再以此向妈疏说，同意好好看顾妈心，说说笑笑。硖居如闷，最好仍来上海。能来儿处最佳，否则幼仪处亦好。儿懒惰半年多，忽然忙碌，不免感劳，但亦无可如何也。星一去南京，昨晚回来，光华每日有课，下星一仍赴宁。

　　耑此，敬叩

金安！

儿摩叩禀，小曼叩安

九月廿六日

徐志摩（1897—1931），现代诗人、散文家。原名章垿，字槱森，留学英国时改名志摩。他是新月派代表诗人，新月诗社成员。1931年11月19日因飞机失事罹难。代表作品有《再别康桥》《翡冷翠的一夜》。

此信虽然是写给父亲与母亲两个人的，但徐志摩心心念念都是日渐衰老的母亲。他写此信意为安慰母亲，规劝母亲要看开些，心平气顺地处理万事万物。通过这封家书，不难看出徐志摩对母亲的挂念和孝顺。

鲁迅写给母亲的信

鲁　迅

母亲大人膝下敬禀者：

　　紫佩已早到北平，当已经见过矣。昨闻三弟说，笋干已买来，即可寄出。又，三日前曾买《金粉世家》一部十二本，又《美人恩》一部三本，皆张恨水所作，分二包，由世界书局寄上，想已到，但男自己未曾看过，不知内容如何也。上海已颇温暖，寓中一切平安，请勿念为要。

专此布达，恭请

金安！

男树叩上广平及海婴同叩

一九三四年五月十六日

母亲大人膝下敬禀者：

十月十三日来示，已经收到，这之前的一封信，也收到的。上海出版的有些小说，内行人去买，价钱就和门市不同，譬如张恨水的小说，在世界书店本店去买是对折或六折，但贩到别处，就要卖十足了。不过书店生意，还是不好，这是因为大家都穷起来，看书的人也少了的缘故。海婴渐大，懂得道理了，所以有些事情已经可以讲通，比先前好办，良心也还好，好客，不小气，只是有时要欺侮人，尤其是他自己的母亲，对男却较为客气。明年本该进学校了，但上海实在无好学校，所以想缓一年再说。有一封他口讲，广平写下来的信，今附呈。上海天气尚温和，男及广平均好，请勿念为要。

专此布达，恭请

金安！

　　　　　男树叩上广平及海婴同叩

　　　　　一九三四年十月二十日

母亲大人膝下敬禀者：

　　去年十二月二十日的信，早已收到。现在是总算过了年三天了，上海情形，一切如常，只倒了几家老店；阴历年关，恐怕是更不容易过的。男已复原，可请勿念。散那吐瑾未吃，因此药现已不甚通行，现在所吃的是麦精鱼肝油之一种，亦尚有效。至于海婴所吃，系纯鱼肝油，颇腥气，但他却毫不要紧。

　　去年年底，给他照了一个相，不久即可去取，倘照得好，不必重照，则当寄上。元旦又称了一称，连衣服共重四十一磅，合中国十六两称三十斤十二两，也不算轻了。他现在颇听话，每天也有时教他认几个字，但脾气颇大，受软不受硬，所以骂是不大有用的。我们也不大去骂他，不过缠绕起来的时候，却真使人烦厌。

　　上海天气仍不甚冷，今天已是阴历十二月初一了，有雨，而未下雪。今年一月，老三那里只放了两天假，昨天就又须办公了。害马亦好，并请放心。

专此布达，恭请

金安！

男树叩上广平海婴同叩

一月四日

　　鲁迅（1881—1936），原名周樟寿，后改名周树人；字豫山，后改豫才，浙江绍兴人，中国现代伟大的无产阶级文学家、思想家和革命家。

　　鲁迅与母亲的书信内容中永远少不了一个人，那就是鲁迅的儿子——周海婴。在他们的书信中，家长里短才是永恒的话题。母亲很喜欢张恨水的小说，鲁迅就买来给母亲，还会安慰心疼钱的母亲，自己买的书都是打过折的。而在他与母亲的书信中，我们也能看到不同于鲁迅小说中的尖锐笔触，信中的鲁迅有些啰嗦地念叨着生活琐事，字里行间充满了温情。

致凯特·亚当斯·凯勒夫人

〔美〕海伦·凯勒

亲爱的妈妈：

我想你会很乐意听我讲述参观西纽顿的所有事情。我和老师朋友们度过了愉快的时光。西纽顿离波士顿不太远，我们坐火车很快就能到那里。

弗里曼太太还有卡莉、埃赛尔、弗兰克、海伦一起乘坐一个大马车到车站迎接我们。我很高兴见到我亲爱的小朋友们，我同他们一一拥抱亲吻。我们乘坐了好长时间的马车游遍了西纽顿的所有风景，看到了很多非常漂亮的房子，宽阔而柔软的绿草坪，围在房子周围还有很多树木鲜艳的花朵和喷泉。拉车的那匹马的名字叫"王子"，他很温驯，喜欢小跑着赶路。到家的时候，我们看到了八只兔子和两只肥嘟嘟的小狗，还有一匹漂亮的白色小马驹，两只小猫咪和一只叫"唐"的可爱的卷毛狗。小马驹的名字叫"莫莉"，我乐呵呵地骑在她的背上，一点儿也不怕，我希望我的叔叔快一点给我买一匹可爱的小马驹和一辆小马车。

克里夫顿没有吻我，因为他不喜欢吻小姑娘。他很害羞。我很高兴弗兰克、克拉伦斯、罗比、埃迪和乔治都不怎么害羞。我和很多小姑娘一块儿玩得很愉快。我骑着卡莉的三轮车采野花、吃水果，我骑着车蹿来蹿去好像跳舞一样。有很多女士和先生们都来看望我们。露西、多拉和查尔斯出生在中国。我出生在美国。阿纳戈诺斯先生出生在希腊。德鲁先生说中国的小姑娘们都不会用手指"讲话"，我想如果我去中国的时候我就会教她们。有一位中国来的保姆也来看我，她的名字叫"阿苏"。她拿了一只中国的贵妇人穿的鞋子给我看，鞋子很小，因为她们的脚永远也长不大。中国话"阿妈"就是保姆的意思。我们是坐马车回的家，因为那天是星期天，火车通常在星期天不运行。列车员和火车司机们太累了，他们都回家休息去了。我在车上见到小威利·斯旺，他给了我一个多汁的梨子，他六岁了。我六岁大的时候都干了什么？你能让爸爸坐火车来看我和老师吗？我很难过，因为伊娃和贝茜都病倒了。我希望我能有一个愉快的生日聚会，我想让卡莉、埃赛尔、弗兰克和海伦都来亚拉巴马看我。我回家后米珠丽还会和我一起睡觉吗？

　　送上我深深的爱和一千个吻。

你的可爱的小女儿海伦·凯勒

南波士顿，马萨诸塞

1888 年 9 月 24 日

[常文祺　译]

　　海伦·亚当斯·凯勒又译为海伦·凯勒，美国女作家，盲聋教育家。1880 年出生于亚拉巴马州北部一个小城镇——塔斯喀姆比亚。她在一岁半的时候因为患急性脑充血病，被夺去了视力和听力，且几乎丧失了语言表达能力。她付出了超乎寻常的努力，才一步步通过了语言关、识字关、写作关。后来完成了14本著作，最著名的即《假如给我三天光明》。她致力于为残疾人造福，建立了许多慈善机构，1965年被美国《时代周刊》评为"二十世纪美国十大偶像"之一。

在这封讲述拜访朋友的信中，海伦展示出了远比一个普通八岁孩子成熟得多的思想。或许，只有在勇敢的年轻绅士面前，她才会展露其乐观的性格。

母亲的回忆

〔智利〕米斯特拉尔

母亲，在你的腹腔深处，我的眼睛、嘴和双手无声无息地生长。你用自己那丰富的血液滋润我，像溪流浇灌风信子那藏在地下的根。我的感观都是你的，并且凭借着这种从你们肌体上借来的东西在世界上流浪。大地所有的光辉——照射在我身上和交织在我心中的——都会把你赞颂。

母亲，在你的双膝上，我就像浓密枝头上的一颗果实，业已长大。你的双膝依然保留着我的体态，另一个儿子的到来，也没有让你将它抹去。你多么习惯摇晃我呀！当我在那数不清的道路上奔走时，你留在那儿，留在家的门廊里，似乎为感觉不到我的重量而忧伤。在《首席乐师》流传的近百首歌曲中，没有一种旋律会比你的摇椅的旋律更柔和的呀！母亲，我心中那些愉快的事情总是与你的手臂和双膝联在一起。

而你一边摆晃着一边唱歌，那些歌词不过是一些俏皮话，一种为了表示你的溺爱的语言。

在这些歌谣里，你为我唱到大地上的那些事物的名称：山，果实，村庄，田野上的动物。仿佛是为了让你的女儿在世界上定居，仿佛是向我列数家庭里的那些东西，多么奇特的家庭呀！在这个家庭里，人们已经接纳了我。

就这样，我渐渐熟悉了你那既严峻又温柔的世界：那些（造物主的）创造物的意味深长的名字，没有一个不是从你那里学来的。在你把那些美丽的名字教给我之后，老师们只有使用的份儿了。

母亲，你渐渐走近我，可以去采摘那些善意的东西而不至于伤害我：菜园里的一株薄荷，一块彩色的石子，而我就是在这些东西身上感受了（造物主的）那些创造物的情谊。你有时给我做、有时给我买一些玩具：一个眼睛像我的一样大的洋娃娃，一个很容易拆掉的小房子……不过那些没有生命的玩具，我根本就不喜欢。你不会忘记，对于我来说，最完美的东西是你的身体。

我戏弄你的头发，就像是戏弄光滑的水丝；抚弄你那圆圆的下巴、你的手指，我把你的手指掰起又拆开。对于你的女儿来说，你俯下的面孔就是这个世界的全部风景。我好奇地注视你那频频眨动的眼睛和你那绿色瞳孔里闪烁着的变幻的目光。母亲，在你不高兴的时候，经常出现在你脸上的表情是那么怪！

的确，我的整个世界就是你的脸庞、你的双颊，宛似蜜颜色的山岗，痛苦在你嘴角刻下的纹路，就像两道温柔的小山谷。注视着你的头，我便记住了那许多形态：在你的睫毛上，看到小草在颤抖，在你的脖子上，看到植物的根茎，当你向我弯下脖子时，便会皱出一道充满柔情的糟痕。

而当我学会牵着你的手走路时，紧贴着你，就像是你裙子上的一条摆动的裙皱，我们一起去熟悉的谷地。

父亲总是非常希望带我们去走路或爬山。

我们更是你的儿女，我们继续厮缠着你，就像苦巴杏仁被密实的杏核包裹着一样。我们最喜欢的天空，不是闪烁着亮晶晶寒星的天空，而是另一个闪烁着你的眼睛的天空。它搁得那么近，近得可以亲吻它的泪珠。

父亲陷入了生命那冒险的狂热，我们对他白天所做的事情一无所知。我们只看见，傍晚，他回来了，经常在桌子上放下一堆水果。看见他交给你放在家里的衣柜里的那些麻布和法兰绒，你用这些为我们做衣服。然而，剥开果皮喂到孩子的嘴里并在那炎热的中午榨出果汁的，都是你呀，母亲。画出一个个小图案，再根据这些图案把麻布和法兰绒裁开，做成孩子那怕冷的身体穿上正合身的松软的衣服的，也是你呀，温情的母亲，最亲爱的母亲。

孩子已学会了走路，同样也会说那像彩色玻璃球一样的多种多样的话了。在交谈中间，你对他们加上的那一句轻轻的祈祷，从此便永远留在了他们的身边直至生命的最后一天。这句祈祷像宽叶香蒲一样质朴。当人们在这个世界上需要温柔而透明的生活的时候，我们就用如此简单的祈祷乞求，乞求

我戏弄你的头发，就像是戏弄光滑的水丝；抚弄你那圆圆的下巴、你的手指，我把你的手指辫起又拆开。对于你的女儿来说，你俯下的面孔就是这个世界的全部风景。我好奇地注视你那频频眨动的眼睛和你那绿色瞳孔里闪烁着的变幻的目光。

每天的面包，说人们都是我们的兄弟，也赞美上帝那顽强的意志。

你以这种方式为我们展示了一幅充满形态和色彩的油画般的大地，同样也让我们认识了隐匿起来的上帝。

母亲，我是一个忧郁的女孩，又是一个孤僻的女孩，就像是那些白天藏起来的蟋蟀，又像是酷爱阳光的绿蜥蜴。你为你的女儿不能像别的女孩一样玩耍而难受，当你在家里的葡萄架下找到我，看到我正在与弯曲的葡萄藤和一棵像一个漂亮的男孩子一样挺拔而清秀的苦巴杏树交谈时，你常常说我发烧了。

此时此刻，倘使你在我的身边，就会把手放在我的额头上，像那时一样对我说："孩子，你发烧了。"

母亲，在你之后的所有的人，在教你教给他们的东西时，他们都要用许多话才能说明你用极少的话就能说明白的事情。他们让我听得厌倦，也让我对听"讲故事"索然无味。你在我身上进行的教育，像亲昵的蜡烛的光辉一样。你不用强迫的态度去讲，也不是那样匆忙，而是对自己的女儿倾诉。

你从不要求自己的女儿安安静静规规矩矩地坐在硬板凳上。我一边听你说话一边玩你的薄纱衫或者衣袖上的珠贝壳扣。母亲，这是我所熟悉的唯一的令人愉快的学习方式。

后来，我成了一个大姑娘，再后来，我成了一个女人。我独自行走，不再依傍你的身体，并且知道，这种所谓的自由并不美。我的身影投射在原野上，身边没有你那小巧的身影，该是多么难看而忧伤。我说话也同样不需要你的帮助了。我还是渴望着，在我说的每一句话里，都有你的帮助，让我说出的话，成为我们两个人的一个花环。

此刻，我闭着眼睛对你诉说，忘却了自己身在何方，也无须知道自己是在如此遥远的地方，我闭紧双眼，以便看不到，横亘在你我中间的那片辽阔的海洋。我和你交谈，就像是摸到了你的衣衫；我微微张开双手，我觉得你的手被我握住了。

这一点，我已对你说过：我带着你身体的赐予，用你给的双唇说话，用你给的双眼去注视神奇的大地。你同样能用我的这双眼看见热带的水果——散发着甜味的菠萝和光闪闪的橙子。你用我的眼睛欣赏这异国的山峦的景色，它们与我们那光秃秃的山峦是多么不同啊！在那座山脚下，你养育了我。你通过我的耳朵听到这些人的谈话，你会理解他们，爱他们，当对家乡的思念像一块伤疤，双眼睁开，除了墨西哥的景色，什么也看不见的时候，你也会同样感到痛苦。

今天，直至永远，我都会感谢你赐予我的采撷大地之美的能力，像用双唇吸吮一滴露珠，也同样感激你给予我的那种痛苦的财富，这种痛苦在我的心灵深处可以承受，而不至于死去。

为了相信你在听我说话，我就垂下眼脸，把这儿的早晨从我的身边赶走，想象着。在你那儿，正是黄昏。而为了对你说一些其他不能用这些语言表达的东西，我渐渐地陷入了沉默……

〔孙柏昌　译〕

加夫列拉·米斯特拉尔（1889—1957），智利女诗人。出生于智利首都圣地亚哥市北的维库那镇。

她自幼生活清苦，未曾进过学校，靠做小学教员的同父异母姐姐辅导和自学获得文化知识。1945年，她获得了诺贝尔文学奖，成为拉丁美洲第一位获得该奖的诗人。

所有的人都像是一颗种子，从孕育到发芽，从发芽到成熟，从成熟到繁衍，最后死亡。这一切形成一个循环，从繁衍开始，有了母亲和父亲的角色。于是，我们在母亲的身体里，开始了成长的第一步。而在信中讲述的，就是这样一个生命过程。即使作者离开家乡，与母亲相隔万里，那份血液的连结依然会牵引着游子感受到母亲的温暖。这封信是对天下所有母亲的赞歌。

写给母亲的信

〔美〕海明威

亲爱的妈妈：

我已经很长时间没有给你写信了，因为我一直精力不济。我的四肢已在渐渐复原，左腿已经痊愈，终于可以将它完全弯曲过来了。借着拐杖，我现在可以在自己的房间和医院的这层楼上走动，但因为身体仍然非常虚弱，所以每次只能走很短的距离。我右腿上的石膏几天前被拿掉了，可它依然僵硬得像木板一样。在膝关节周围以及脚上所进行的大量的切除治疗让我疼痛难忍。但是，那位名叫萨姆雷利的医生——米兰最好的医生，认识纽约一位已故的外科奇才贝克医生，他说我的右腿终究会痊愈的。膝关节逐渐康复，很快就能活动了。我随信附了一张躺在病床上的照片，左腿看上去好像是残肢，但事实上并非如此。因为它是弯曲的，所以看起来像是残肢。

妈妈，你可能不相信，我现在可以讲一口流利的意大利语，就像一个天生的维罗纳人那样。因为，在战壕里，我必须讲意大利语，没法讲其他语言，我学到了很多意大利语，当时我就是用意大利语与那些军官们交谈的。我的语法并不好，但词汇量比较丰富。很多次，我充当了医院的翻译。当有人来到医院时，医生不明白他们需要些什么，护士就把他们带到我的床前来，我可以把问题全部解决。这里的护士们都是美国人。

这场战争让我们变得比以前聪明了。比如说，波兰人和意大利人，这两个国家的军官是我所见过的男人中最杰出的。战争胜利之后，我的脑子里已经没有"外国人"这个概念了，因为你的同伴们讲另外一种语言看来对你已没有任何影响。唯一的事情是要学习他们的语言。我的意大利语学得很不错，还学了不少波兰语，法语也有很大长进，这胜过上十年的大学，就算我在大学里学上八年，也不可能达到我目前的法语和意大利语水平。现在，我要你准备战后接待大批客人，因为有很多战友会到芝加哥去看望我。在这场可恶的战争中结交的朋友是我最大的收获。在战争中，死亡时刻伴随着你，同时你也对朋友有了更深的了解。我还不知道自己什么时候能回去，或许会回去过圣诞节，但也可能回不去。我不可能加入陆军或海军，就算我回来了，他们也不会让我参军。原因是我有一只没用的眼睛和两条颤抖的腿。因此，我最好是待在这里，将那该死的烦恼暂时扔在一边。

妈妈，我又一次堕入爱河了。请不要紧张，也不要担心我很快就会结婚，因为我还没有这样的打算。我举起右手向你许诺，就像我以前跟你说的那样。不要大惊小怪，也不要给我发电报或者写信——我还没有打算订婚。请大声庆祝吧！不要把"上帝保佑你，我的孩子们"这样的话写在信上，在将要到来的十年中都别这样写。你是个亲爱的、上了年纪的小孩，你也仍然是我最要好的女孩。吻我吧，非常好！再见，上帝保佑你，记得经常写信给我。再见吧，亲爱的老朋友。我爱你。

厄尼

1918年8月29日

海明威（1899—1961），美国小说家。代表作有《太阳照常升起》《永别了，武器》《丧钟为谁而鸣》。1952年发表中篇小说《老人与海》获普利策奖及诺贝尔文学奖。

这是战场上受伤后，海明威写给母亲的一封信。写这封信的时候，海明威才19岁，还是一个刚刚长大的孩子。然而这封家信里，海明威并没有将战场上残酷的一面，以及自己内心的恐惧向母亲诉说，那些简单内容背后表现出来的是他性格中的属于硬汉的坚毅和乐观。

第一次世界大战期间，不顾父亲反对的海明威，于1918年辞掉了记者一职，并尝试加入美国军队。海明威由于视力缺陷导致体检不及格，只被调到红十字会救伤队担任救护车司机。海明威在意大利东北部皮亚维河边为意大利士兵分发巧克力的时候，被奥地利迫击炮弹片击中。他拖着一位伤兵撤退时，又被机关枪打中了膝部；他们到达掩护所时，伤兵已经死去。海明威腿上身上中了两百多片碎弹片，左膝盖被机枪打碎。他在米兰的医院里住了三个月，动了十几次手术，大多数弹片都取了出来，还有少数弹片至死都保留在他的身上。他受伤的时候，离他19岁生日还差两个星期。

给母亲的信

〔俄〕叶赛宁

你无恙吧，我的老妈妈？
我也平安。祝福你安康！
愿你的小屋上空常漾起
妙不可言的黄昏的光亮。
常接来信说你揣着不安，
为着我而深深地忧伤，
还说你常穿破旧的短袄，
走到大路上去翘首怅望。

每当蓝色的暮帘垂挂，
你眼前浮现同一幻象：
仿佛有人在酒馆厮打，
把芬兰刀捅进我心脏。

没什么，亲人，请你放心。
这只是一场痛苦的幻梦。
我还不是那样的醉鬼，
不见你一面就把命断送。

我依旧是温柔如当年，
心里只怀着一个愿望：
尽快从我不安的惦念，
回到我们低矮的小房。

我定要回去，等盼来春光，
咱白色的花园枝叶绽放，
只是你别像八年前似的，
黎明时分就唤醒我起床。

别唤醒那被人提过的事，
别勾起宏愿未遂的回想。
生平我已亲自体尝过
过早的疲惫和过早的创伤。
不用教我祈祷。不必了！

在无法重返往昔的时光。

唯有你是我的救星和慰藉，

才是我妙不可言的光亮。

你就忘掉自己的不安吧，

不要为我深深地忧伤，

别总穿着破旧的短袄

走到大路上去翘首怅望。

[顾蕴璞　译]

谢尔盖·亚历山德罗维奇·叶赛宁（1895—
1925），俄罗斯田园派诗人。生于农民家庭，由富
农外祖父养育。1912年毕业于师范学校，之后前
往莫斯科，在印刷厂当一名校对员，同时参加苏里
科夫文学音乐小组，兼修沙尼亚夫斯基平民大学课
程。1914年发表抒情诗《白桦》，1915年结识勃洛
克、高尔基和马雅可夫斯基等人，并出版第一部诗
集《亡灵节》。1916年春入伍，退伍后结婚。1925

年12月28日拂晓在列宁格勒的一家旅馆投缳自尽。

在这位毕生挣扎在感情旋涡中的天才诗人的心目中，母亲所占的位置是任何友人、恋人和亲人所无法取代的。这位母亲因与丈夫不和，把才两岁的聪明俊美的儿子带回娘家抚养直到他八岁，又由于叶赛宁是长子和独子（他还有两个妹妹卡佳和舒拉），母亲对他寄托的期望更是非同寻常。但从叶赛宁17岁那年离乡去莫斯科后，母子始终长期分离。加上叶赛宁平生历尽坎坷，未遂母愿，母子彼此的思念更日甚一日。叶赛宁一生沉浸在爱河中，但他深知爱情是自私的，唯有母亲的爱才是永远不会枯竭的。他用自己的诗行唱出了"母子之爱是人世间最神圣的感情"这一朴素真理。

写给母亲的信

〔德〕荷尔德林

最最亲爱的母亲：

即使没有任何其他东西能使我高兴、能使我产生感激之情和信仰，那么有您这样一颗心，有您的慈祥的关怀就足够了。请您相信我，亲爱的、尊敬的母亲！您这样真诚关怀我，对我来说，您是神圣的。如果我不懂得这是多么珍贵，那么我就是个糊涂人。不！母子之间的虔诚灵气在您和我之间是不会消逝的。在我读您、妹妹和弟弟给我写的三封信时，我不禁对自己这样说："噢，他们都是好人！"并高兴地哭起来。

我以前抱怨过您，抱怨过不愉快的时光，请您不要把这看成不适合我的年龄和性别的急躁和柔弱。使我常常不能在每一时刻得到慰藉的，与其说是我自己的痛苦，毋宁说更多的是当我孑然一身、想到我们的世界、想到这个世界上少数好人因为比他人更好更杰出而受到痛苦时向我袭来的悲哀。我有时必然有这种感觉，因为正是这一点推动我去从事我最纯洁的活动。我感到惊奇的是，人把一切看得无所谓时就一事无成，而当他凋零枯萎，为了生活、为了有所活动而不得不在心中把悲哀与希望、快乐与痛苦结合在一起时，他依然无所作为。我想，这就是做基督徒的意义。您也是这么看的。我多么衷心地感谢您告诉我故去的父亲所说的可爱的话语。他是个多么善良高尚的人啊！请您相信我，我已经多次想起他永远快乐的灵魂，我也要像他一样。亲爱的母亲，我这种爱忧伤的气质也不是您给的，我自然不能说我完全没有这种气质。对我的一生，我看得很清楚，几乎可以追忆到我的青少年时代，我也知道，从什么时候起我的性格开始有这种倾向。您也许不相信我的这些话，但我记得很清楚。当父亲去世时——我永远不会忘记他的爱——我感到作为孤儿有一种无法理解的痛苦，天天看见您的忧伤和眼泪时，我的灵魂第一次产生了这种严肃的情绪。这种严肃的情绪从来没有完全离开过我，反而随着年龄的增长而更趋强烈。但是，在我的灵魂深处，我也有欢乐，完全的、真正的快乐也常常使我产生一种信仰，我只是不像表达痛苦那样容易找到表达快乐的语言。您还鼓励我去享受我的青春，这让我感到高兴。我梦想自己比实际年龄小一些，常常希望自己——尽管我很严肃、很慎重——依然是个有时对人过于善良的真正的孩子，但其结果是过于敏感和猜疑。我真心地、认真地认识我的错误，这给人带来快乐，亲爱的母亲，您为此可以感到欣慰。

我要告诉您一个好消息。我和斯图加特的古董商施泰因考普夫签订了办一份杂志的协议，他当出版商。每月出一期，文章大部分由我写，其余的请愿意帮助我的作家写。我自己的收入每年可达五百古尔登，如果此事办成，从明年起我的生活就有了

即使没有任何其他东西能使我高兴、能使我产生感激之情和信仰，那么有您这样一颗心，有您的慈祥的关怀就足够了。请您相信我，亲爱的、尊敬的母亲！您这样真诚关怀我，对我来说，您是神圣的。

保障。我已经做了很多准备工作，所以，亲爱的母亲，您不用担心这件事会使我过于劳累。施泰因考普夫在表示愿意办这件事的信里请我先提出商务方面的条件，告诉他为了办这份杂志及我为杂志撰写文章要求多少报酬。我将要求他年初至少付一百古尔登，然后半年一次，到年底付清。所以我想，我不至于落到滥用您的好心肠的地步，我现有的钱还够用一些时间的。我在下一封信里会告诉您更加确切可靠的消息。如您所见，我可以心安理得地接受这一百古尔登，无论在思想上还是行动上，我都不会忘记这一点。

……请原谅，我就这样突然止笔，时间已经不早，晚上天凉，我不想再写下去，我要钻被窝了。对我来说，健康确实变得十分宝贵了，因为有段时间我曾缺少过它，我现在很需要它。向亲爱的祖母致以千百次衷心的问候。这个星期我就会给我可爱的妹妹写信。我只是不想让您更久地等我的信。

您的弗里茨

1799 年 6 月 18 日，山前霍姆堡

[赵登荣　译]

约翰·克里斯蒂安·弗里德里希·荷尔德林（1770—1843），德国诗人、作家。父亲是当地修道院总管，1773年去世。母亲承担了教育和抚养很早就表现出诗人才华的儿子的责任。1796年荷尔德林认识了苏赛特·贡塔尔德，并把她改名为狄奥提马写进小说《许佩里翁，或希腊的隐士》中，寄托美的理想。他经历了各种各样变迁，游历了法国，在游历法国时突然获悉"狄奥提马"逝世的噩耗，衣衫褴褛、形容憔悴地回到家乡。他的朋友辛克莱和母亲精心照料他，使他恢复健康。1802年精神失常，1806年起住在木匠齐默尔家，由他照料，直至去世。他母亲在丈夫——宫廷参议歌克去世后改嫁尼尔廷根市长荷尔德林。因父亲早逝，荷尔德林与母亲关系密切，给她写了感情深沉、感人肺腑的书信，母亲则出于她的善良本性——作复，当然她不可能感受儿子的种种奇思怪想。

席勒写给母亲的信

〔德〕席勒

亲爱的母亲：

我怀着极其沉痛的心情提笔，和您以及亲爱的姐妹们一起，为我们所受的沉重损失而痛哭。虽然一段时间以来我已不抱希望，但是，一旦不可避免的事情真的发生，那么，它终究是令人心颤的巨大打击。想到对我们来说如此宝贵的、在童年时依恋不舍的、长大后也是怀着爱心时刻眷念的人离开了人世，我觉得真是可怕。尤其是您，最最敬爱的母亲，您曾经和他——既是朋友又是丈夫——多年同甘苦、共患难，那么这生离死别就让您更感痛苦了。即使我不去想我们故去的慈父对我和我们意味着什么，对于这样一个重要的、充实的生命的结束，我也不会不感到深深的悲痛。上帝让他带着虚弱的病体苦挨了这么久，他却能坦然面对。能这样坚持不懈、忠诚地度过漫长而艰辛的一生，以七十三岁高龄谢世而仍感情单纯、头脑清醒，这真是不可多得。但愿我也能像他那样清清白白地度过一生，哪怕让我尝尽所有他的痛苦。生活是一场严峻的考验，天意像对他那样将赐予我的种种好处与许许多多威胁心灵和真正的和平的危险联系在一起。

我不想安慰您和亲爱的姐妹们。你们大家都和我一样感觉到我们的损失有多大，但你们也感到，只有死亡才能结束这长期煎熬的痛苦。我们敬爱的父亲安息了，我们大家都必将随他而去。在我们的心里，他的形象永远不会消失，我们失去他而感到的痛苦只能使我们互相更紧密地团结在一起。

我的亲人们，你们在遭受这样巨大的损失后会发现还有我这样一个朋友，而在五六年前没有人认为我会比父亲活得更长。上帝做了另外的安排，让我享受这样的快乐：成为一个对你们有用的人。这里，我无法再次表白我预备帮助你们的心愿，在这点上我们正相了解，我们都是做我们的亲爱的父亲的孩子。

敬爱的母亲，您现在要独自选择您的命运了，您在选择时不要让忧虑支配您。您自己考虑，您最喜欢住在什么地方，在我这里，还是在克里斯托菲娜家抑或在老家路易丝那里。您选中哪里，我们都会筹措必要的款子。不过目前，由于情况使然，您还得先住老家，在此后的一段时间里，一切都可以安排妥当。我想，在累翁贝格，您最容易度过冬天的几个月，开春后您带路易丝到迈宁根来，不过我要劝您自立门户。这件事下次细谈。我要坚持的是：只有我不担心您在这里不会感到太寂寞、太喧闹时，您才能搬到我这里来。

只要您到了迈宁根，我们就会有足够的机会见面，我们会给您带来可爱的孙子孙女。我已经给莱因瓦尔德去信，告诉他克里斯托菲娜现在不能立即启程回去。况且，现在谁也无法通过那个地带。只有令人不快的事情处理完毕，您，亲爱的母亲，心情也平静了些，她才能听从她丈夫的愿望回去。

亲爱的母亲，要是我知道，至少在克里斯托菲娜走后的头三四个星期您住在熟人那里，我才能放心，因为在路易丝身边，您一定会时时想起以前的时光。

如果公爵不给您养老金，变卖东西不延误您很长时间，也许您可以立即和两个姊妹一起来迈宁根，在新的环境，您也许会更快地平静下来。

您安度晚年所需的东西，我们都会为您办到：从现在起，不让您有什么忧虑愁苦，这是我要尽力办的事。您辛劳一辈子，一定要让您的晚年过得快活而平静。我希望，您在子女和孙子女的怀抱里享受几天愉快的日子。

我们敬爱的父亲留下的书信和手稿，可叫克里斯托菲娜带给我。我要设法完成他最后的愿望，我要给您，亲爱的母亲，也带来好处。

我们热烈地想抱您和亲爱的姊妹。我的洛特本想亲自写信，但今天家里来了许多客人，她无暇写信。她一直非常爱父亲，她和我一起为父亲的去世而痛哭，她对失去父亲表现出来的深切同情使我觉得她更加难能可贵和可爱。我的岳母以及正好在这里的沃尔措根一家也都深感悲痛，并向您致意。

永远感激您的儿子约·席勒

1796年9月19日（星期一），耶拿

[赵登荣　译]

约翰·克里斯托夫·弗里德里希·封·席勒（1759—1805），德国杰出诗人、剧作家。席勒是狂飙突进文学和古典文学的代表作家之一，与歌德有深厚的友谊。他的母亲伊丽莎白·多罗特娅，娘家姓科特韦斯，1732年生于马尔巴赫一个面包师和驯兽师的家庭，1802年去世。她红头发，鹰钩鼻，脸上有雀斑，眼睛总有点发炎，席勒外表很像母亲。她是个很富魅力的女人，非常虔诚，并且能够理解和欣赏儿子的作品。1749年嫁给伤科军医约翰·卡斯帕尔·席勒——他后来在斯图加特当宫廷园艺师，1794年被提升为少校。席勒的母亲是个很普通而又很聪明的女子，席勒非常喜欢她。

莱辛写给母亲的信

〔德〕莱辛

尊敬的母亲：

　　如果我有什么愉快的事情要告诉您，我就不会拖延这么长时间才给您写信了。诉苦与请求，您肯定已经读腻烦了。您别以为，您在这封信里会读到这一类东西。我只是担心，您怀疑我对您没有多少爱和尊重；我只是担心，您会以为我现在这样做完全是出于抗拒和恶意。这种忧虑使我深感不安。如果我的担心不是庸人自扰，那么，我越是无辜，我就越感到痛苦。因此，请允许我简略地向您描述一下我在大学的全部经历，我肯定，您看了后就会对我做出更善意的判断。我年纪小小的就离开了学校，以为书籍就是我的全部幸福。我来到莱比锡，在这里可以以小见大，看见整个世界。最初几个月我深居简出，我以往在迈森还从未这样生活过。我一直埋头书本，不闻窗外事，除了上帝，我几乎不想其他任何人。这样坦白让我感到有些不快，我的唯一安慰是，让我这么怪僻的不是什么坏事，而是勤奋。但是这种情况没有延续多久，我很快大开眼界。我该说，这是我的幸运还是不幸？未来的时间会做出判断。我领悟到，书本会使我博学，但永远不会让我成为一个人。于是，我走出我的小房间，来到我的同类人中间。我的天哪！我发现，在我和其他人之间存在多么大的差别啊！农民的胆小，身体发育不匀称，完全不懂习俗与交际，表情可憎，每个人看见这种表情都会以为我蔑视别人；按我自己的判断，这些就是留在我身上的好品质。我感到一种从未有过的羞愧。这种羞愧感引起的结果是下决心改变自己，抛掉那些陋习，不管代价多大。您知道我是怎么开始的。我学习跳舞，学习击剑，学习骑马。我愿意在这封信里真心诚意地承认我的错误，我也可以说，这是我好的一面。上述技艺我学得很快，不久，那些预言我笨手笨脚学不会的人都有些欣赏我了。第一炮打响了，给了我极大的鼓舞。我的身体变灵巧了一些，我找人交往，学习生活。我把严肃的书本暂时搁置一边，去寻觅愉悦得多、因而也许有益得多的书。我首先找到了喜剧。这些喜剧帮了我大忙，对我很有用，虽说有人会觉得这不可置信。我通过喜剧学会区分一个行为举止是优雅的还是矫揉造作的，是粗野的还是虚假的，我学习区分真假德行，学会逃避可笑可耻的恶习。如果说上述这一切我没有很好付诸实践的话，那么其原因更多的不在于我缺乏意志，而在于有许多其他情况。我几乎忘了喜剧给我带来的最大好处：我认识了自己。从这时起，我嘲笑讥讽得最多的不是别人，而是我自己。但是我不知道，当时是什么荒诞愚蠢的东西驱使我自己也去搞喜剧。我写了喜剧，上演后，人们很肯定地对我说，我写得不坏。如果人们要赞扬我，那么只能让他们在一件事上赞扬我，即我搞喜剧是非常严肃的。因此，我日夜考虑，我怎样在我认为还没有德国人取得杰出成就的

您可以放心，不管我到哪儿，我都会写信给您，我永远不会忘记我从您那里得到的恩惠。

领域显示我的优势。但是突然，我的努力受到了干扰，因为您命令我回家。这时发生了什么事，您肯定很清楚，我用不着重复。您特别指责我与某些我偶然相识的人交往。不过，在这里我要感谢您，由于您的好心，我免除了某些债务引起的烦恼。我在卡门茨整整待了三个月，在这段时间里我既不懒惰也不勤奋。我本该一开头就提到我在选择学业时的犹豫不决。后来，您原谅了我的犹豫不决。您一定还记得，当时对您的恳切劝告，我表示反对的是什么。我想学医。我不想重复，您同意我的意愿是多么勉强。此外，只是为了让您高兴，我才表示我要勤于学业，至于在哪方面取得进步，我当时觉得都一样。我带着这种想法又来到莱比锡。我的债务都已还清，我一点没有想到，我会再次债务缠身。然而，我广泛的交往以及我的朋友们已经习惯的生活方式让我再次败于这块礁石。我清楚地看到，我只要留在莱比锡，就永远做不成您让我做的事情。我会给您带来新的麻烦的烦恼使我决定离开莱比锡。一开始我选择柏林作为我的安身之所。……但是我病倒了。我从来没有像这次那样，自己成为自己无法忍受的累赘。不过，我总算挺过了天意的安排；

在这种微不足道的小事上用这个词，恐怕不是什么卑劣的事情吧。我痊愈后，征得父亲的同意，决定到维藤贝格过冬，并希望把在莱比锡亏空下的钱再攒起来。可是我很快发现，由于生病和其他一些我现在不愿说的情况，我花去的钱比一个季度的奖学金还多。我又萌发了去柏林的老念头。我来到柏林，现在还在柏林，我处于怎么样的境地，您非常清楚。就衣服而言，如果我能给人更好更帅的外表，我早就找到事情做了。在城市，外表是十分重要的，人靠衣裳马靠鞍嘛，在判断一个人时，人们大多相信眼睛所见。差不多一年前，您曾经发善心，答应给我一件新衣服。愿您从中得出结论，我的最后一个请求是否欠考虑。您借口我在柏林要讨什么人的欢心（我不知道您指谁），收回了您的允诺。我的奖学金会延续到复活节，这一点我不怀疑。我相信，我有足够的钱支付我的债务……一旦我再次收到您的回信，您明白无误地告诉我我在上封信中必然推导出的意思，那么我就立刻离开柏林。但我不会回家。我也不再去上大学，因为我的奖学金不足以支付债务，我又不能指望您给我这笔费用。我肯定去维也纳、汉堡或汉诺威。但是您可以放心，不管我到哪儿，我都会写信给您，我永远不会忘记我从您那里得到的恩惠。我在这三个地方都有很好的熟人和朋友。如果我在漫游中学不到什么东西，我就学习适应世界。会有足够的好处的！也许在什么地方，有人会需要像我这样的修理匠。倘若我可以提什么请求的话，那么我要请您相信，我像爱自己那样，永远爱我的父母。一旦我觉得，我的信不再会促使别人为我做新的善举，我就给总监先生和牧师林德尔恩先生写信。我想，我离开柏林并没有给您一丝一毫我听话的迹象，这一点我将终生坚持。

您的忠顺的儿子莱辛

1749年1月20日，柏林

[赵登荣　译]

高特荷德·埃夫拉姆·莱辛（1729—1781），德国著名剧作家、文艺理论家。莱辛是一位牧师的第二个儿子，他有兄弟姊妹11人。1746年9月入莱比锡大学学习神学，后改学医，但他的兴趣在文学和哲学上。母亲尤夫蒂纳·所罗梅，娘家姓费尔纳，以坚强的毅力承受着贫困的家庭生活。按父母意愿本应学习神学的儿子常与演员和其他艺术家交往，生活没有节制，对此，母亲非常失望。在这段时间，莱辛和母亲的关系颇多不快。

出版说明

本系列图书编选过程中，得到了许多师友的帮助与支持，在此一并致谢。虽经多方努力，仍有部分版权所有人未能于出版前取得联系，我们将委托中国版权中心代存、代转稿酬和样书，也恳请相关版权所有人知悉后与我们取得联系，及时奉上稿酬和样书为盼。

山东画报出版社文学编辑室

2018年9月27日